Von Liebe und anderen Auswegen

Fünfzehn Kurzgeschichten

von

Dorothea Neukirchen

Beichte, *Retten* und *Die Feder*
wurden mit literarischen Preisen ausgezeichnet.

Gehen wurde im Forum Isny vorab publiziert,
Das Gewicht der Dinge in der Lilive Anthologie 17

Herstellung und Verlag:
BoD - Books on Demand, Norderstedt

film & edition
1. Auflage 2020
Titelgestaltung: Raphael Hamm
Illustrationen: Wolfgang Menzel
Layout: Felix Truschel

ISBN: 9783752685695

Inhaltsverzeichnis

Beichte

Die Fähre gleitet aus dem Hafen. Kinder winken aufgeregt vom Moleturm. Ein vorwitziger Junge spuckt in die Luft. Lautes Gejohle, als die Spucke auf dem Jackenärmel einer Frau landet.

Passt irgendwie, denkt Marthe, wirft den Kindern einen müden Blick zu und wischt das Nasse am Geländer ab. Ein Schwan versucht, dem Wellengang des Schiffs zu entkommen. Wie er sich müht und müht. Er rudert mit den Flügeln, patscht mit den Füßen aufs Wasser, ein endloser Anlauf, bis er endlich abhebt und seinem vorgereckten Hals hinterherfliegt, über herbstlich verfärbte Bäume in Richtung Schlosskirche. Marthe zieht ihre Jacke enger. Der Fahrtwind macht sie frösteln, trotz der Oktobersonne. Zeit für ein heißes Getränk.

Am Tresen hat es sich bereits wieder gelichtet. Nur noch ein Mann steht da, nimmt eine Bierflasche entgegen und zwei Obstwasser. Die beiden Schnäpse kippt er gleich vor Ort, bestellt einen weiteren. Wie ein Säufer sieht er eigentlich nicht aus. Er ist schlank, trägt einen Kaschmirmantel. Vielleicht hat er Marthes Blick gespürt. Jedenfalls fühlt er sich bemüßigt, sich zu erklären.

"Aller guten Dinge sind drei", sagt er zu ihr gewandt.

„Beichte" bekam den Literaturpreis JULL Ü70 Zürich

"Könnte ich jetzt auch gebrauchen, leider hab ich mein Auto dabei."

"Tja, Zug fahren hat Vorteile."

Er kippt das dritte Obstwasser, während Marthe für sich ein Haferl Ovomaltine bestellt. Dann legt er abgezählte Münzen aufs Resopal, nimmt sein Bier und geht.

Die Fähre vibriert. Der Horizont schwankt sachte im Fensterrahmen.

Der Steward bringt den fertigen Kakao und Marthe mustert den Raum auf der Suche nach einem Platz. Voll ist es nicht. Aber auf der Fähre nehmen Einzelreisende gern mal einen ganzen Tisch für sich allein in Anspruch, wollen die Zwischenzeit auf ihre Weise nutzen, diese geschenkte Stunde zwischen Himmel und Wasser.

Ein Mann im Businessanzug hat seinen Laptop installiert und wirkt abweisend. Die junge Frau mit Minirock über der Hose und Ökoschuhen hat Kopfhörer auf und strickt. Eine afrikanische Familie ist sich selber genug. Das Schweizer Ehepaar mit den Einkaufstüten schweigt sich an. Zu den Radlern will Marthe sich nicht setzen. Und das Appenzeller Urgestein, das den verfilzten Haarschopf zum Schlafen auf die Tischplatte gelegt hat, wirkt auch nicht gerade einladend. Bleibt der Obstwasserfreund und Bahnfahrer.

Der sieht mit einem ironisch gefärbten Lächeln zu ihr hin und wartet ab. Warum nicht, denkt Marthe. In der Schweiz angekommen wird er zum Bahnhof gehen und sie in ihr

Auto steigen, soviel ist schon mal klar. Sie geht zu seinem Tisch.

"Ist es recht?"

Er macht eine einladende Geste. Sie nimmt Platz und stellt erst einmal eine neue Distanz her, indem sie sich ganz auf ihre Tasse konzentriert. Der erste Schluck ist enttäuschend. Heiß und sahnig, aber nicht besonders süß. Auf dem Tisch steht Zucker. Sie könnte nachsüßen, vernünftig wäre das nicht. Während sie noch mit sich ringt, eröffnet ihr Tischnachbar das Gespräch.

"Und, warum könnten *Sie* einen Obstler gebrauchen?"

Das ist ziemlich direkt. Schweizer ist er wohl nicht. Auch sonst hat er keinen identifizierbaren Akzent. Ein Charaktergesicht, sauber rasiert, nicht unsympathisch.

"Ach, bloß frisch getrennt."

Marthe versucht, es beiläufig klingen zu lassen.

"Wenn das alles ist."

Eine solche Geringschätzung ist Marthe nun auch wieder nicht recht. Sie selber darf ihre Trennung niedrig hängen, aber diesem Fremden steht es nicht zu.

"Danke, mir reicht es", schnappt sie zurück, leert nun doch ein Tütchen Zucker in ihre Tasse und rührt so heftig darin herum, dass der Schaum zerfällt.

"Ja, mir hätte es auch gereicht", sagt er leise. Seine Stimme klingt aussichtslos. Er trägt eine randlose Brille, zwei scharfe Falten ziehen sich von der Nase zum Mund.

Jetzt, wo Marthe ihn ansieht, weicht er aus, blickt aus dem Fenster. Draußen glitzert eine schräge Sonne auf schier endlosem Wasser. Irgendwo dahinten, wo der Horizont verschwimmt, könnte Konstanz sein. Marthe versucht, das lastende Schweigen mit Konversation aufzulockern.

"Mir hat mal jemand erzählt, dass der See so groß ist, dass man von einem Ende zum anderen die Erdkrümmung wahrnehmen kann. Bei klarem Wetter soll man von Bregenz aus die Spitze vom Konstanzer Münster sehen können. Aber nur die Spitze, denn der Rest ist unter der Erdkrümmung verschwunden."

"Interessant", sagt er und verreibt einen Tropfen, der sich an seiner Bierflasche kristallisiert hat.

"Haben Sie Kinder?" fragt er dann.

"Nein."

"Da haben Sie Glück."

"Na ja."

Marthe hätte sich sehr wohl ein Kind gewünscht. Aber nun ist ihr der Vater abhanden gekommen und der Wunsch hängt im Leeren.

"Doch! Sie haben Glück!" bekräftigt er.

Was für ein Ton! Wieso bildet er sich ein zu wissen, was Glück für andere Menschen ist?! Marthe wird ihren Kakao austrinken und dann nach draußen gehen.

"Ich *bin* Vater, Vater von einem behinderten Kind."

Was soll Marthe jetzt dazu sagen?

Er holt eine Zigarettenpackung aus seiner Jackentasche.

"Rauchen Sie?"

"Manchmal."

Sie nimmt die angebotene Zigarette.

"Auf der windstillen Seite ist es nicht so kalt", verkündet er, steht auf und geht vor. Marthe lässt sich Zeit und trinkt ihren Kakao aus. Dann knöpft sie ihre Jacke zu und folgt ihm.

Er will ihr Feuer geben, aber der Wind bläst die Flamme aus. Da zeigt er ihr, wie sie die Hände halten muss. Es ist eine zweckmäßige Berührung, kein Flirt, aber geduldig. Endlich glimmt auch Marthes Zigarette.

Sie lehnen nebeneinander an der Reling und starren auf die Seitwärtswellen, die vom Schiffsrumpf abgehen. Das weiße Gekräusel verliert sich rasch im schwarzen Wasser.

"Meine Frau war schwanger. Es ging ihr nicht gut. Wir hatten schon lange nicht mehr..."

Er trinkt aus der Flasche, die er mit nach draußen genommen hat.

Orale Kompensation, diagnostiziert Marthe und denkt darüber nach, ob Fremdheit eine gewisse Vertraulichkeit befördert.

"Dann ein Kongress, ein langer Abend an der Bar, eine attraktive Kollegin, naja, das Übliche halt. - Dummerweise hat meine Frau etwas gemerkt."

Er inhaliert tief.

"Von mir aus hätte ich mich nicht getrennt, aber sie meinte, sie hätte kein Vertrauen mehr."

Er schnippt den Rest seiner Zigarette ins Wasser.

"Bei der Geburt wollte sie mich nicht dabei haben. So habe ich es erst nach Tagen erfahren."

"Das mit der Behinderung?"

Er nickt.

"Später hat sich herausgestellt dass meine Frau eine Meningitis hatte, eine unerkannte. Ihr Immunsystem hat das irgendwie ausbalanciert, aber der Fötus... Statt Gehirnzellen - Wasser im Kopf."

Er fährt sich mit den Händen durchs Haar. Sensible Hände, dunkle Locken mit silbrigen Einsprengseln. Marthes Zigarette brennt unbeachtet vor sich hin und versengt ihr den Finger.

"Au", entfährt es ihr unwillkürlich. "Gelegenheitsraucherin" kommentiert sie sich selber, lacht verlegen und wirft die Zigarette über Bord. Der Mann neben ihr beachtet sie nicht. Er hängt seinen eigenen Bildern nach.

"Das Kind war lebensfähig, alles dran. - Nur kein Gehirn."

Ein bitteres Auflachen. Dann holt er eine neue Zigarette aus der Packung.

"Ich wollte mich kümmern. Aber meine Frau hat das nicht zugelassen."

Jetzt klopft er mit der Zigarette aufs Geländer. Das ist sinnlos bei einer Filterzigarette. Vielleicht hat er früher einmal

Selbstgedrehte geraucht, denkt Marthe. Früher, bevor er sich Kaschmirmäntel leisten konnte.

"Alle sechs Wochen fahre ich ins Heim. Das Besuchsrecht musste ich mir bei der Scheidung erstreiten. Wahrscheinlich wollte sie, dass ich ein schlechtes Gewissen habe."

Er zündet die Zigarette an, nimmt einen Zug.

"Normal wäre mein Sohn jetzt in der Pubertät. Er ist vierzehn."

Vierzehn. - Vierzehn Jahre ohne Gehirn. Das übersteigt Marthes Vorstellungskraft.

"He Sie! Rauchen verboten!"

Ein korpulenter Mann baut sich neben ihnen auf.

"Wir sind doch extra rausgegangen!" fährt Marthe den Mann an. Aber der lässt sich nicht beirren.

"Rauchen ist auf der ganzen Fähre verboten."

"Wie schön, wenn jemand Polizei spielen kann!"

Marthe versucht, den Dicken mit ihrem Blick wegzubeißen.

"Schon gut, regen Sie sich nicht auf."

Eine beruhigende Hand auf ihrer Schulter. Für einen Moment gehören sie zusammen. Im Protest gegen den selbst ernannten Ordnungshüter sind sie sich nah. Sie tauschen ein Lächeln. Dann fixiert Marthes Begleiter den Dicken mit seinem Blick und drückt die Zigarette an seiner Schuhsohle aus.

"Recht so?"

"Geht doch", sagt der Dicke und rührt sich nicht von der Stelle. Offensichtlich wartet er ab, was mit dem Stummel passiert. Der Mann im Kaschmirmantel zelebriert nun die Beseitigung der Kippe. Er lässt sie mit einer eleganten Drehung in der Packung verschwinden, so als handele es sich um einen Zaubertrick.

"Zufrieden?"

Der Dicke grummelt vor sich hin und geht weiter.

"Idiot", schickt Marthe ihm hinterher.

"Ich hab dann wieder geheiratet. Wir haben jetzt auch ein Kind. - Ein gesundes."

Es klingt so, als wäre das noch nicht richtig bei ihm angekommen.

Bläuliche Gebirgslinien staffeln sich über der Nebelwatte, die aus den Schweizer Tälern steigt. Das andere Ufer hat Konturen bekommen. Schon sind die Silhouetten einzelner Bäume auszumachen.

"Wir sind gleich da", sagt Marthe.

"Danke fürs Zuhören."

"Kein Problem. Alles Gute."

"Ihnen auch."

Er wendet sich zur vorderen Treppe. Eine straffe Gestalt. Der knallrote Schal, den er locker über den Mantel geworfen hat, gibt ihm etwas Verwegenes.

So einem hätte Marthe kein Schicksal zugetraut.

Der Schiffsmotor verändert sein Geräusch. Der Bug dreht in Richtung Hafeneinfahrt.

Plötzlich freut sich Marthe über ihre Freiheit. Sie freut sich auf die Autofahrt, die vor ihr liegt. Sie nimmt die hintere Treppe, will dem Fremden nicht noch einmal begegnen.

Freiheit ?

Es ist sein letzter Tag im Amt. Alle sind gekommen, um den Juristen Dr. Arnold Haller zu feiern, den Vorsitzenden Richter am Landgericht, ebenso bekannt für seine harten, aber gerechten Urteile, wie für seine mit philosophischen Zitaten gewürzten Begründungen.

"Er war beliebt", behauptet die Rede, die sein ehemaliger Adlatus und jetziger Nachfolger zu seinem Abschied hält.

War – wieso war, denkt der solchermaßen Gelobte, während sein Nachfolger fortfährt: "und sein lakonischer Witz, weit über die Kreisstadt hinaus berühmt."

"Also bitte!" Der Gefeierte unterbricht ihn: "Keinen Nach-
ruf, noch lebe ich!" Die Lacher beflügeln ihn dazu aufzustehen und auf seine Frau Maria hinzuweisen, welche ihm stets
den Rücken freigehalten habe. Die so Angesprochene
schüttelt geschmeichelt ihren Kopf, weigert sich aber aufzustehen. Die gemeinsame Tochter, eigens angereist für diesen
Tag, lächelt ihrem Vater zu. Der nimmt wieder Platz, nicht
ohne seinem Nachfolger mit einer kleinen Geste zu bedeuten, er könne fortfahren.

Der Redner greift den Hinweis auf die Ehefrau auf, preist
sie als perfekte Gastgeberin vieler unvergesslicher musikali-
scher Sommerfeste. Er hoffe doch sehr, dass mit dem Ende
von Dr. Hallers Richteramt nicht auch die Gastlichkeit der
Familie Haller ende. "Denn, wie einige von uns wissen, ver-
fügt unser verehrter Vorsitzender außer über seine berufli-
chen durchaus noch über weitere Talente. Hier seien vor allem seine luziden Musikinterpretationen genannt, und, last
not least, seine pianistischen Fähigkeiten. Deshalb haben
wir keine Mühe gescheut und einen Flügel herbeigeschafft,
in der Hoffnung, unseren Vorsitzenden Richter dazu über-
reden zu können, selbst etwas zu seiner eigenen Abschieds-
feier beizutragen."

Er macht eine einladende Bewegung. Dr. Haller erhebt sich,
scheinbar widerstrebend. Betont langsam faltet er seine
schlanke Gestalt in die Höhe, dreht unentschlossen den
Kopf vom Redner zum Publikum, so, dass seine für einen

Richter ungewöhnlich lang in den Nacken wachsenden silbergrauen Locken zur Geltung kommen.,

"Vielleicht eine Bachtoccata?" lockt sein Nachfolger, und das Publikum beginnt auffordernd rhythmisch zu klatschen. "Wir werden vierhändig spielen" verkündet Arnold und zieht seine überraschte Ehefrau vom Sitz. Doch Maria sträubt sich.

"Das Scherzo von Diabelli, das kannst du im Schlaf!" raunt er ihr zu und bittet die Tochter mit einem Seitenblick um Beistand. Als diese ihre Mutter dem Vater zuschiebt, fühlt Maria sich überstimmt. Begeisterter Applaus begleitet das Ehepaar bis aufs Podium.

Doch vor dem Klavier steht keine Bank für zwei, sondern nur ein kleiner runder Hocker. Maria erfasst die Situation und will einen Stuhl von der Bühnenseite her holen. Doch Arnold fängt sie ein und drückt sie sachte auf den Hocker. Das kleine Blickduell endet mit ihrem Nachgeben. Erwartungsvolle Stille macht sich breit. Dr. Haller lächelt, gibt seiner Frau mit einem Kopfnicken den Einsatz, und los geht es in die harmlos heitere Melodie. Sie sind ein eingespieltes Paar. Dass er seinen Part souverän im Stehen absolviert, leicht vornübergebeugt, erhöht die Darbietung. Tosender Applaus. Maria eilt zum Bühnenabgang. Sie ist froh, das Ganze überstanden zu haben. Erst beim Zurückschauen merkt sie, dass Arnold ihr nicht folgt, sondern die Höhe des Klavierhockers adjustiert. Während sie zurück in die Reihe huscht, intoniert er mit ausgreifender Geste die ersten Takte des Marche funèbre. Allerdings nur, um sich gleich wieder zu unterbrechen: "Nein, nein, keine Angst", sagt er zum Publikum gewandt, "ich werde diesen allzu bekannten Trauermarsch nicht fortsetzen. Denn schließlich ist eine Pensionierung nicht nur ein Ende, sondern auch ein Anfang. Deswegen werde ich gleich etwas aus dem ersten Satz der Sonate in b-moll von Chopin spielen. Da wird das Kopfmotiv des Grave von einem unrastigen Hauptmotiv konterkariert. Es gibt durchaus kraftvolle Töne. Und die Bassfigur wird mit Triolen beschleunigt."

Er betont das Wort Triole gerade genug, um aufmerksamen Hörern einen Doppelsinn anzudeuten. Maria entlässt einen missbilligenden Atemzug, was ihre Tochter dazu bewegt, ihre Hand auf die der Mutter zu legen.

Unterdes spricht Dr. Haller von flimmernden Harmonierückungen und von interessanten Dissonanzen in der Sonate Nummer zwei. "Aber hören Sie selbst." Er zelebriert einen Moment der Stille, um den ersten schweren Akkorden die gebührende Aufmerksamkeit zu verschaffen. Dann greift er in die Tasten. Seine jahrzehntelang in Gerichtssälen erprobte Gestik und sein Sinn für Dramatik kommen ihm auch als Pianist zugute. Die Silberlocken fliegen. Er verkörpert geradezu das Klischee eines Pianisten.

Maria lächelt nachsichtig. So ist er, ihr Arnold. So liebt sie ihn.

Gegen Abend steht Maria in der Küche und packt Tiefkühl-
dosen mit Essensportionen für die Tochter zusammen. Julias Lachen tönt aus dem Wintergarten herüber. Das Fenster
gibt den Blick frei auf die filigrane Holz-Konstruktion, diese Tschechowkulisse, dieses Jugendstilgebilde, in das sie sich
verliebt hatten, damals, als sie so jung waren, dass ihnen alte
Dinge gefielen. So wollten sie leben, in so einem Ambiente.
Dass es im Winter zu kühl war in dem Vorbau, und im Sommer zu heiß, das merkten sie erst nach dem Einzug. Aber an
einem milden Herbsttag wie diesem ist der Wintergarten
perfekt. Arnold lehnt entspannt in seinem Schaukelstuhl
und plaudert mit der Tochter. Ein schönes Bild. Maria
seufzt glücklich, holt Gurken und Möhren aus dem Kühlschrank. Sie legt das Schneidebrett über die eisernen Ringe
der alten Kochstelle. Seit der Herd nur noch als Ablageflä-
che und nostalgischer Blickfang dient, mag sie ihn wieder.
Mit der Modernisierung der Küche hat sie sogar einen
Backofen auf Augenhöhe bekommen. Es gehört zu den
Absurditäten ihres Lebens, dass er erst installiert wurde, als
sie ihn nur noch selten brauchte. Die Zeit der Mütterkuchen
war vorbei. Julia ist nur noch selten zu Besuch. Und wenn,
dann will sie keinen Kuchen, sondern einen gesunden Snack
für die Rückfahrt, und ein paar eingefrorene Mittagessen.
Maria lächelt. Als sie so alt war wie ihre Tochter, konnte sie
auch nicht kochen. Das hat sie erst nach Julias Geburt gelernt. Damals hatte sie das Gefühl, nur noch aus Handgrif-

fen zu bestehen. Sie versuchte, die Hausarbeit so rasch wie möglich hinter sich zu bringen, um dann, wenn alles getan war, zum Eigentlichen vorzudringen. Aber es war nie alles getan. Die Aufgaben wuchsen schneller nach als die abgeschlagenen Köpfe der Hydra. Und so verstaubte ihre Doktorarbeit im Regal.

Maria arrangiert das Gemüse farblich sortiert. Das Auge isst mit. Früher hätte sie keine Geduld für so etwas gehabt. Das Alter hat Vorteile, zumindest, wenn es so läuft wie bei Arnold und ihr. Die nächsten Jahre liegen vielversprechend vor ihnen, ein glatter See, auf dessen Oberfläche sich ein paar Sommerwölkchen spiegeln. Keine Geldsorgen mehr. Als sie die Villa gekauft haben, mussten sie sich verschulden. Aber das war es ihnen wert. Sie liebten diese verspielten Fensterlaibungen, gebaut um die Jahrhundertwende. Sie lacht vor sich hin. Um die vorige Jahrhundertwende, muss man inzwischen sagen. Bald dreißig Jahre leben sie nun in ihrem Traumhaus. Vergessen, dass es zeitweise zum Alptraumhaus mutierte. Manchmal hätte sie sich gewünscht, einen praktischeren Mann zu haben. Aber mit einem Bohrer umzugehen, war Arnolds Sache nicht. Sein Beitrag beschränkte sich aufs Bezahlen. So lernte sie anpacken und mit Handwerkern umzugehen. Ob es anders gelaufen wäre, wenn sie damals ihre Doktorarbeit durchgezogen hätte? Aber wie? Auch heute sieht sie nicht, wie das hätte möglich sein sollen.

Sie drückt den Deckel auf die Dose. Klack macht es. Klappe zu - Affe tot. It´s no use crying over spilled milk. So ist sie nun einmal, ihre Rollenverteilung. Er spielt Klavier und sie fegt den Dreck zusammen.

Julia springt auf, als die Mutter mit der Versorgungstüte in den Wintergarten kommt. "Danke!" ruft sie, "du bist ein Schatz!"

Die Eltern begleiten die Tochter zur Haustür. Eine letzte Umarmung, dann steigt Julia in ihr kleines Auto.

"Gute Fahrt."

Arnold geht zum Straßenrand. "Alles frei!" ruft er, und winkt dem Auto nach, bis es außer Sicht ist. Maria geht als erste zurück ins Haus. Sie räumt die Überreste des familiären Essens zusammen, und redet dabei mit ihrem Mann.

"Eigentlich sollte ich es langsam wissen, aber ich kann mich einfach nicht daran gewöhnen, wie leer das Haus jedes Mal ist, wenn sie wieder geht. Willst Du noch einen Espresso?"

Als keine Antwort kommt, dreht sie sich um. Arnold ist ihr nicht gefolgt. Er geht die Treppe hoch. Sie sieht gerade noch ein Hosenbein mit Schuh verschwinden. Die Stufe knirscht. Es ist die siebte von unten. Das Holz ist morsch. Die ganze Treppe müsste erneuert werden. Vielleicht können sie das gemeinsam bereden, nun, wo er im Ruhestand ist, nun, wo er Zeit für so etwas hat.

Sie stellt das Geschirr in die Maschine und stülpt die gläserne Glocke über das Käsebrett, ein Weihnachtgeschenk vom letzten Jahr. Arnold ist der Meinung, es sei ein Verbrechen, Camembert im Kühlschrank aufzubewahren. Maria muss zugeben, der Käse schmeckt besser, wenn er Zimmertemperatur hat. Allerdings hat sie noch nie so viele zerlaufene Reste wegwerfen müssen. Einmal hat der Käse Beine bekommen und sie musste würgen, als sie die Maden vom Brett aufs Zeitungspapier kratzte.

Es dämmert bereits. Zu spät für Espresso, beschließt sie.

Im Salon holt sie Arnolds bevorzugtes Whiskyglas aus der Vitrine, füllt es mit zwei Fingerbreit Single Malt. Sie selbst mag es lieber süß. Sie gießt Baileys in ein filigranes Glas mit Goldprägung, und stellt beides auf der geprägten Lederplatte des Rundtisches bereit. Ihr erstes gemeinsames Möbelstück, von der Portobello Road in London.

Sie setzt sich in einen der beiden im Gesprächswinkel zueinander stehenden Ledersessel und freut sich darauf, den Tag mit Arnold noch einmal Revue passieren zu lassen. Das ist das Schönste an ereignisreichen Tagen. Sie greift zur Zeitung und vertieft sich in den Leitartikel. Am Morgen sind sie gar nicht zum Lesen gekommen.

Wo bleibt Arnold nur? Wenn er sich jetzt hinter seinem Schreibtisch versteckt, dann hätte sie auch zum Treffen der Ehrenamtlichen gehen können. Eigentlich wäre sie mit der

Moderation dran gewesen. Aber an so einem Tag geht das Privatleben vor.

Sie greift nach ihrem Glas, führt es zum Mund und zögert. Arnold mag es nicht, wenn sie trinkt, bevor sie sich zugeprostet haben. Er schätzt ihre kleinen Rituale. Aber wenn er nicht kommt! Sie nippt, wischt den Lippenstift vom Rand und setzt das Glas ab, zwischen zwei vom Lilienstrauß herabgefallene Blüten. Das ist auch so ein Konfliktpunkt. Sie findet abgefallene Blüten schön. Er findet sie unordentlich. Wenn sie darauf besteht, sie liegen zu lassen, wirft er ihr einen Hang zur Morbidität vor. Das Wasser in der Kristallvase müsste erneuert werden. Der gesunkene Wasserstand hat einen braunen Ring hinterlassen. Aber jetzt ist Feierabend. Entschlossen blättert sie die Zeitung um, und merkt, dass sie nicht weiß, was sie auf der ersten Seite gelesen hat. Eine sonderbare Unruhe hat sich ihrer bemächtigt.

"Arnold!" ruft sie.

Keine Antwort. Sie legt die Zeitung beiseite, steht auf und will nachsehen, wo er bleibt. Da kommt er die Treppe herunter, im Mantel.

Im Mantel?

"Wohin willst du?"

"Weg."

Jetzt sieht sie den Koffer in seiner Hand.

"Wieso weg?" Sie lacht verblüfft.

Er stellt den Koffer in der Diele ab und geht an ihr vorbei zu den Sesseln. Im Stehen nimmt er das Whiskeyglas, trinkt einen Schluck, und dreht es in der Hand.

"Das Haus ist abbezahlt", bemerkt er in beiläufigem Ton, während er das Glas zurück auf den Tisch stellt, "du kannst damit machen was du willst."

"Was soll das heißen, ich kann damit... Wir wohnen doch hier."

Er sieht auf seine Armbanduhr, geht zum Fenster. Maria starrt auf seinen Rücken. Ein Silberhaar kringelt sich auf dem dunklen Kaschmir seines Mantels.

" Ich will, dass es dir gut geht. Die Hälfte meiner Pension geht weiterhin auf das Familienkonto."

Draußen vor der Glasscheibe zerrt ein rauer Wind an den Blättern der Trauerweide. Es klingelt.

"Meine Taxe", sagt er und wendet sich zum Gehen. Am Flügel hält er kurz inne. Er streicht mit der Hand über die polierte Fläche, eine Abschiedsgeste. Da gerät das Parkett unter Maria in Bewegung, es wölbt sich, weicht wieder zurück, und der Flügel schwimmt wie auf Wellen.

"Was ist mit dem Flügel?" bringt sie heraus und kennt ihre Stimme nicht wieder in dem heiseren Krächzen.

"Du wolltest ihn doch immer haben." Er lächelt. "Nun gehört er dir."

Er nimmt seinen Koffer auf, öffnet die Haustüre, dieses sorgsam restaurierte Portal. Maria erwacht aus ihrer Erstarrung, rennt ihm hinterher. Hilflos sieht sie zu, wie ihr Mann das, was er mitzunehmen gedenkt, im Kofferraum versenkt. Viel ist es nicht. Er hat nur den Wochenendkoffer gepackt. Und doch erreicht sie das klickende Geräusch der sich schließenden Klappe mit der Wucht eines Dolby Surround Systems. Es erinnert sie an einen Kinofilm, in dem war das Vorrücken eines Uhrzeigers mit diesem unheilschwangeren Ton unterlegt. Wie hieß der Film noch gleich? Sie haben ihn zusammen gesehen, sie saßen auf einem Doppelsitz ohne Zwischenlehne, und Arnold strich ihr mit der Hand über den Oberschenkel.

Nun steigt er in die Taxe, hinten. Er steigt immer hinten ein. Er würde sich nie neben den Fahrer setzen.

"Wie kann ich Dich erreichen?" bringt sie heraus, bevor er die Tür schließt.

"In Prag. Postlagernd."

Das Taxi ist beige. Früher waren die Taxen schwarz. Maria fragt sich, wann die Farbe geändert wurde, und warum. Wahrscheinlich aus ökonomischen Gründen. Beige ist praktisch. Die Wagen müssen seltener gewaschen werden. Aber vielleicht hat es auch mit dem Klimawandel zu tun. Schwarz zieht die Hitze an. Als gäbe es nichts Wichtigeres zu bedenken als die Farbe von dem Taxi, das nun nach links abbiegt und ihren Ehemann aus ihrem Leben herausfährt.

Links geht es zum Bahnhof. Rechts zum Flughafen. Eigentlich fliegt man, wenn man nach Prag will. Aber vielleicht muss er ja noch jemanden abholen für die Reise. Vielleicht diese Dreißigjährige, deren Foto sie in seiner Jackentasche gefunden hat, als sie seinen Anzug für die Reinigung zurechtlegte.

Unvermittelt geben Marias Beine unter ihr nach. Sie knallt unsanft auf den Split vor dem Eingang. Verwirrt starrt sie auf ein schmutzig aufgerissenes Stück Haut an ihrer Hand. Sie puhlt ein scharfes Steinchen heraus. Blut beginnt zu sickern. Rot. Aber sie fühlt keinen Schmerz. Eigenartig.

"Ist Ihnen was passiert?" ruft die Nachbarin. "Kann ich helfen?"

"Nein danke, alles gut. Vielen Dank! Ich bin nur ausgerutscht."

Sie zwingt sich zu einem Lächeln, steht auf und winkt.

"Schönen Tag noch!"

Sie hätte einen schönen Abend wünschen sollen. Die Laternen sind schon an. Egal. Sie zieht die Tür hinter sich ins Schloss. Und dann gehen ihre Füße auf den Flügel zu, so als hätten sie ein Eigenleben. Sie hat nicht mehr viel gespielt. Arnold war zu gut, ihr Spiel zu schäbig neben seinem. Sie tippt auf eine Taste. Dünn hört es sich an, verloren.

Prag.

Wie oft haben sie davon gesprochen, gemeinsam in die goldene Stadt zu reisen. Irgendwie ist es nie dazu gekommen.

Marias Finger schlagen ein paar Töne an. Sie probiert ein bisschen herum, und dann hat sie es, das Lied von der Moldau. Ihre Finger können es noch, und in ihrem Kopf schwirrt der Text: *Am Grunde der Moldau wandern die Steine. Es liegen drei Kaiser begraben in Prag. Das Große bleibt groß nicht und klein nicht das Kleine. Die Nacht hat zwölf Stunden, dann kommt schon der Tag. Es wechseln die Zeiten...*

Ihre Hände gleiten vom Klavier.

"Es wechseln die Zeiten", sagt sie vor sich hin und nickt.

Es ist dunkel geworden. Sie sollte Licht machen. Aber sie bleibt sitzen.

Drei Jahre später.

Eine flache Sonne beleuchtet die würfelförmigen Bauten eines Gewerbegebiets. Der Parkplatz ist noch leer. Das ratternde Geräusch eines Einkaufswagens mischt sich in das frühmorgendlichen Rauschen verlassener Klimaanlagen. Von der Aldiwand her hört man das dumpfe plop, plop eines Tennisspielers.

Egon macht am Container halt, klaubt die Flaschen auf, die feinsäuberlich aufgereiht daneben stehen, und verstaut sie im Einkaufswagen. Dann winkt er dem Spieler dankend zu.

Doch der merkt das gar nicht. Er ist mit sich selber beschäftigt. Auch so eine verlorene Seele, denkt Egon. Wie der da trippelt und rennt, dieser dürre Lulatsch, mehr Sehnen als Fleisch, aber weiße Locken! War bestimmt mal was Besseres.

Egon schnauft und steigt aufs Mäuerchen. Er fischt ein Sechserpack Thunfischdosen aus dem Container, frisch abgelaufen. Jackpot! Zeit für die Frühstückspause. Er zieht die Metallasche hoch. Feine Stücke in Öl! Nicht dieses labbrige Wasser. Glück gehabt. Er holt den Löffel aus seiner Jackentasche, wischt ihn am Hemd ab und beginnt zu löffeln. Für Unterhaltung ist auch gesorgt. Dieser Tennisspieler ist besser als Fernsehen. Irre, wie der sich selber jagt, rechts, links, Vorhand, Rückhand. Der kriegt sogar die Bälle, die schräg abprallen, wo der Asphalt defekt ist. Bestimmt war der früher mal ein Crack. Und jetzt kann er sich die Clubgebühren nicht mehr leisten.

Im Frühjahr ist er auf einmal aufgetaucht. Seitdem spielt er jeden Tag, außer, es regnet Strippen. Nach der ersten Woche hat er angefangen, ihn zu grüßen, so von weitem. In der zweiten hat er ihm Pfandflaschen mitgebracht. Einmal war eine Tafel Schokolade dabei. Da hat er sich bedankt und gesagt: "Ich bin der Egon." Er konnte ja nicht wissen, dass der Typ so durchgeknallt ist, dass der gleich anfängt zu trällern.

"Ach Egon, Egon, Egon Eeegon!"

Idiot! Er war stinksauer, hat sich umgedreht und ist weggegangen. Aber dann ist dieser lange Kerl hinter ihm hergekommen, hat sich förmlich vorgestellt.

"Eberhard, auch mit E." Er hat gegrinst und ihm die Hand hingehalten, als wären sie beim Empfang des Bundespräsidenten. Klar hat er eingeschlagen. Naja, das war es dann auch schon. Mehr geredet haben sie nicht. Hat einen an der Waffel, der Typ, aber wer hat das nicht.

Jetzt schnibbelt er einen Ball, der titscht auf und steht einen Moment in der Luft, bevor er senkrecht wieder runterfällt. Und dieser Eberhard rennt, als ob es um sein Leben geht. Tatsächlich, er kriegt den Ball, kurz vorm Boden. Er hebt ihn mit dem Schläger in die Höhe, reckt sich auf seine Zehenspitzen und knallt das Ding mit voller Wucht gegen die Mauer, so dass es an seinem Kopf vorbei zurückschießt. Das Teil würde bis auf die Hauptstraße fliegen, wenn da nicht die Wand vom Getränkemarkt wäre. Die hält den Ball auf, lässt ihn zurückhoppeln, beinahe bis vor Eberhards Füße. Ob der das so berechnet hat? Wär ihm glatt zuzutrauen. Jetzt macht er einen lässigen Schritt und haut mit dem Schläger auf den Ball, bis er in seine Hand hüpft wie ein dressierter Vogel.

Das war anscheinend das Finale. Eberhard latscht zu seiner Tasche und wischt sich den Schweiß ab. Das Handtuch ist von der abgewetzten Sorte. Aber seine Schuhe sind teuer. Erste Sahne. Die verbeulte Hose dagegen, miesegrau, und immer dieselbe. Vielleicht hat er zwei davon, Sonderangebot im Doppelpack.

"Tschüss" ruft er jetzt über den Platz, und schwingt ein Bein locker über den Sattel von seinem Fahrrad. Wusch – wusch - irgendwas schleift an dem Rad, schon seit Wochen.

Wusch, wusch, wusch, wusch. Egon kann hören, wie er an Geschwindigkeit zulegt. Da muss er gar nicht hinsehen.

Arnold tritt in die Pedale. Er hat einen grimmigen Spaß an der brutalen Hässlichkeit dieses Gewerbegebiets, jeden Tag aufs Neue. Die Häuser sind so gesichtslos, dass sie ihm erlauben, niemand zu sein. Keine Rolle mehr, keine Erwartungen, die er zu erfüllen hat. Was für eine Freiheit!

Er lässt den Lenker los, richtet sich auf und breitet die Arme aus. Nur für ein paar Meter, dann fasst er wieder an die Griffe, umrundet elegant das Loch vorm Baumarkt und lacht zufrieden vor sich hin.

Gestern Abend hat er sich mal wieder in Schale geworfen, seinen Charme angeknipst. Natürlich ist es ihm gelungen, eine Karte für das ausverkaufte Konzert zu bekommen. Und am Ende des Abends die Dame gleich noch dazu. Ihr Gatte hatte überraschend nach Dubai fliegen müssen. Deswegen hatte sie eine Karte übrig. So zumindest die offizielle Version. Ihre geschwollenen Tränensäcke deuteten auf eine andere Geschichte. Aber er stellt solche Erzählungen nicht in Frage. Man muss den Menschen ihre Rollen lassen, solange sie selber dran glauben.

Rückblickend gesehen war auch sein Richter nur eine Rolle. Allerdings hat er sie so lange gespielt, dass er schon glaubte, er wäre das. Langweilig war es nicht. Er hatte es oft mit Menschen zu tun, die in ein falsches Leben geraten waren.

Irgendwo eine Abzweigung, eine irrige Entscheidung, und schon hatten sie sich im falschen Leben wiedergefunden. Er fand es spannend herauszufinden, was es war, das die Menschen dazu brachte, eine verhängnisvolle Entscheidung zu treffen. Das hatte ihn fasziniert, immer wieder aufs Neue. Erst an seinem fünfzigsten Geburtstag ist ihm klar geworden, warum.

Sie hatten ein Quartett angeheuert. Der Geigenspieler, ein schwarzhaariger junger Mann hatte besessene Augen. Die erinnerten ihn an ein Foto von sich. Ein Freund hatte es kurz vorm Abitur gemacht. Der Geigenspieler schien eins zu sein mit seiner Musik, von keinem Zweifel angekränkelt. Er sah aus wie einer, der alles auf eine Karte setzt. Damals fragte er sich zum ersten Mal, wann ihm selber seine Unbedingtheit abhanden gekommen war. Wo genau war der Abzweig, der ihn in sein bürgerliches Wohlleben geführt hatte? Eine rote Ampel zwingt Arnold abzusteigen. Und während er die Autos an sich vorbeifahren lässt, sieht er die goldene Fünfzig vor sich, die über dem reich gedeckten Buffet prangte. Er erinnert sich daran, dass er sich für einen Moment lang wie sein eigener Vater vorgekommen war, nur in anderen Kleidern.

Ob sein Leben anders verlaufen wäre, wenn er den Mut gehabt hätte, Dirigent zu werden? Wäre das keine Rolle gewesen? Oder wäre es nur eine andere Rolle gewesen? War es Feigheit oder war es Realismus, was ihn damals abgehalten hat? Viele Fragen, keine Antwort. Grün. Er kann weiterfahren. In der Ferne sind die Sonnenschirme auf dem S-Bahn-vorplatz zu sehen. Sein Frühstück wartet.

Wahrscheinlich hat er Jura studiert, weil das viele Optionen zuließ. Er hat immer so lange wie möglich versucht, sich nicht festzulegen. Aber irgendwann muss man Entscheidungen treffen. Und wenn man keine trifft, dann entscheidet das Leben, oder - Maria. Er lächelt nachsichtig vor sich hin. Als sie heiraten und Mutter werden wollte, hatte er ihr wenig entgegenzusetzen. Aber auch sie hat das Leben nicht immer im Griff. Statt des geplanten zweiten Kindes gab es eine Operation, und dann keine weiteren Kinder mehr.

Er verlangsamt und biegt auf den Vorplatz ein. Wenn du jung bist, ist das Leben wie eine Wundertüte. Alles scheint möglich. Aber dann dünnen sich die Optionen aus. Irgendwann siehst du zurück und wunderst dich, dass es das gewesen sein soll.

Er steigt ab und schiebt das Rad in den Ständer. Er gibt dem Sattel einen Klaps und verzichtet aufs Abschließen. So eine alte Mühle klaut keiner. Und wenn, dann hat er endlich einen Grund, sich ein neues Rad zu kaufen. Arnold geht zu seinem Stammplatz, macht der Bedienung ein Zeichen, setzt sich und schaut in das Laubdach der Kastanie über sich. Die Früchte sind noch winzig, aber einzelne Blätter werden schon braun.

Wenn man festgefahren ist, hilft nur eine radikale Kehrt-
wende. Gut, dass er sie vollzogen hat. Mitunter fliegt ihn ein
Schuldgefühl an, aber das wischt er beiseite. Er findet, dass
er seine Pflicht erfüllt hat. Er hat durchgehalten bis zur Ren-
te.

Die Bedienung bringt ihm ein Kännchen Kaffee, ein Scho-
kocroissant und die Taz.

"Danke."

"Heute ein Extra?"

Sein Blick verweilt auf ihrem Ausschnitt.

"Haben Sie Ihren Bienenstich da?"

"Aber immer doch."

Sie grinst breit und freundlich. Der quer gezogene Mund
über der steilen Busenfalte erinnert ihn an die späten Por-
traits von Jawlensky. Er sollte mal wieder in die Pinakothek
gehen.

"Ja gut, ein Stück", sagt er, trinkt den ersten Schluck Kaffee
schwarz. Dann erst gießt er Sahne dazu.

Ob er Elvira wiedertreffen wird? Der Abend ist angenehm
verlaufen. Nach dem Konzert ein gepflegtes Abendessen.
Sie animierte ihn mit klugen Zwischenfragen, seine Kennt-
nisse auszubreiten. Und als er begann, die Konversation mit
Komplimenten und dezenten Anspielungen zu würzen, da
blühte sie regelrecht auf. Ihre Augen blitzten und regten seine Libido an. Später, an der Haustüre brachte sie die Frage,
ob er noch einen Kaffee bei ihr trinken wolle, so rührend

ungeübt vor, dass er gerne darauf einging. Das Weitere ergab sich zwanglos und ohne größere Peinlichkeit. Der Beischlaf mit einer unbekannten Frau ist für Arnold wie Tennis spielen auf einem unebenen Platz, herausfordernd, weil nicht allzu vorhersehbar. Ja, wahrscheinlich wird er sie wiedersehen. Sie ist attraktiv, Mitte fünfzig, und gebunden. Damit hat er die besten Erfahrungen, das erleichtert den Ausstieg. Er hat ihr seine Visitenkarte dagelassen, die, welche er für solche Anlässe benutzt. Der Nachname auf der Karte ist der Mädchenname von Maria, die Telefonnummer die seines Zweithandys. Auch das hat sich bewährt.

Arnold tunkt die Spitze seines Croissants in den Kaffee und beißt genüsslich ab. Mittlerweile hat er seine Zweitexistenz als Konzertgänger und Familienvater aus der Provinz perfektioniert. Er sagt nur Gutes über seine Ehefrau. Sie sei wunderbar, nur leider mache sie sich nichts aus Musik. Aber sie gönne ihm diese kleinen Berlinausflüge von Herzen.

Arnold fängt das herausquellende, schokoladige Innere des Croissants mit der Zunge auf, tupft sich anschießend die Lippen mit der Serviette ab.

Einmal wurde es eng. Wie hieß sie noch? Sie war blond, echt blond, überall. Und schlank, aber an den richtigen Stellen gepolstert. Jedenfalls traf er sie mehrfach, und beim fünften oder sechsten Mal konfrontierte sie ihn mit gewissen Widersprüchen in seiner Vita. Sie war nicht auf den Kopf gefallen, und er musste all seinen Witz aktivieren, um aus der

Bredouille zu kommen. Danach legte er sich bei der Zahl seiner Kinder fest. Ein Junge, zwei Mädchen, dazu fünf Enkel. Die Namen hat er sich alphabetisch ausgedacht, um nicht durcheinander zu kommen. Angefangen mit Z wie Zacharias für den Ältesten, Kurzform Zacki.

Es macht ihm Spaß, dass sein fiktiver Sohn inzwischen ein Eigenleben bekommen hat. Er hat Glück mit Zacki. Er tritt in seine Fußstapfen. Seit fünf Jahren ist er in der Firma. Er wird einmal ein würdiger Nachfolger sein. Natürlich wird das nicht ohne Konflikte abgehen, aber noch hat er die Zügel in der Hand. Bisher ist alles im grünen Bereich. Arnold amüsiert sich. Manchmal glaubt er selber, dass er dieser Unternehmer aus dem Fränkischen ist.

Zu- rücktreten!

Wie er das liebt, diese ruppigen Lautsprecheransagen und das typische Fahrgeräusch der S-Bahn. Inzwischen hat es beinahe etwas Heimatliches für ihn. Gut möglich, dass Berlin der Endpunkt seiner kleinen Odyssee ist. Prag war nur der erste Versuch. Die Zeit mit Cordula dort war schön, eine Art Flitterwochen. Aber als sie zurück musste nach Düsseldorf, als er allein war in diesem jüdischen Viertel, umzingelt von ganzen Heerscharen von Touristen, da war er genervt von der Stadt. Alles schien sich gegen ihn zu verschwören. Er konnte sich nicht so in Kafka versenken, wie er das vorgehabt hatte. Die ganze Stadt war verfälscht zu einem Disneyland. Selbst die Mehrzahl der Konzerte nur billigster Klassikverschnitt für die Horden von Japanern und Chinesen. Und dann dieses so genannte Kafkamuseum, das vorgab, ein kafkaeskes Lebensgefühl zu vermitteln, in Wahrheit aber eine Jahrmarktattraktion mit Verwirrspiegeln war. Der Gipfel der Geschmacklosigkeit!

Der Kaffee ist nur noch lauwarm. Auch Rom war enttäuschend, obwohl auf andere Weise. Zu heiß, zu laut, zu barock. Vielleicht ist er einfach kein Mann für den Süden. Er ist ein Minimalist geworden. Zwei Teller, zwei Becher, zwei Gläser hat er in seiner Wohnung. Von allem nur das Nötigste. Und bloß kein Design!

Verachtungsvoll trinkt er den kalt gewordenen Kaffee aus und gießt nach. Der aus dem Kännchen hat noch eine annehmbare Temperatur.

Er mag Cordula, immer noch. Aber er mag sie ohne ihr Umfeld. Diese Haute Volée, diese Galeristen- und Tennisclubszene! Er pickt ein paar Croissantkrümel vom Teller und leckt sie sich vom Finger. Zugegeben, auch die Zeit in Düsseldorf hatte einen Anfangszauber. Als er bei Cordula einzog, und sie ihn in ihre Kreise einführte, da war es eine Herausforderung für ihn, sich neu zu erfinden und sich in dieser Gesellschaft durchzusetzen. Die Gespräche bei den Dinnerparties drehten sich nicht mehr um Lokalpolitik und juristische Probleme, wie in seinem bisherigen Leben, sondern um den Kunstmarkt und um Lifestylefragen. Aber als er das neue Vokabular intus hatte, da fand er das

Gerede genau so öde wie das alt bekannte, ja vielleicht noch öder.

Ein vertrocknetes Blatt segelt auf den Tisch, lässt sich vor seinem Teller nieder als wäre schon Herbst. Und das im Juli. Die Bäume haben zu kämpfen mit der Trockenheit. Ein Wunder, dass sie überhaupt noch so ausladend grün sind. Wie eine Paraphrase zu seinen Überlegungen erscheint nun die Bedienung mit einer Gießkanne. Sie lädt den Bienenstich vor ihm ab und geht weiter zum Baum. Geduldig dosiert sie den Strahl, so dass das bisschen Erde rund um den Stamm das Wasser aufnehmen kann. Großartig, möchte er ihr zurufen, aber das würde ihre Beziehung auf eine andere Ebene heben, und er müsste womöglich sein Stammlokal wechseln. Nein lieber... Er schrickt zusammen.

Sein Blick hat sich in der Kurzhaarfrisur einer Passantin verhakt. Auch der Trenchcoat kommt ihm bekannt vor, ebenso der resolute Gang. Doch dann dreht sich die Frau ins Profil. Er atmet erleichtert aus. Nein, sie ist es nicht, natürlich nicht. Wie konnte er nur glauben, dass es Maria ist!

Nun ja, sie könnte es sein. Julia hat ihm beim letzten Telefonat erzählt, dass ihre Mutter nun regelmäßig nach Berlin fährt. Offenbar ist sie bei den Grünen so aktiv, dass die Partei ihr eine Bahncard hundert für die Fahrten in die Hauptstadt besorgt hat. Gut für sie.

Vielleicht sollte er Maria seine Berliner Adresse mitteilen. Sie glaubt wahrscheinlich immer noch, dass er in Düsseldorf wohnt. Er hat Julia gebeten, ihrer Mutter nichts über ihn zu erzählen. Er wolle sie nicht unnötig verletzen, hat er seine Bitte begründet. Was seinen Wegzug aus Düsseldorf angeht, ist das natürlich Unsinn. Wahrscheinlich wäre Maria froh gewesen zu hören, dass er nicht mehr bei Cordula wohnt.

Er beißt sich nachdenklich in die Lippen, und gesteht sich ein, dass genau das vermutlich der eigentliche Grund ist, warum er nicht will, dass sie es erfährt. Er will keine unsinnigen Hoffnungen wecken. Ein Zurück gibt es nicht.

Arnold steckt das letzte Stück Bienenstich in den Mund und schiebt den Teller von sich.

Maria hat sich überraschend gut arrangiert. Zuerst hat sie ein paar Räume an Studenten vermietet. Und als ihr das zu unruhig war, wollte sie die Villa umbauen, um den ersten Stock als Wohnung vermieten zu können.

Soviel er weiß, ist inzwischen eine Familie mit Schulkind eingezogen. Maria brauchte damals seine Zustimmung für den Kredit. Die hat er ihr gerne gegeben. Er musste Rom nicht einmal verlassen. Er konnte das mit einem Telefonat erledigen. Wozu kennt man den Leiter der Bank seit dreißig Jahren. Alle nötigen Unterschriften konnte er postalisch leisten. Auch die unter den Vertrag, den Viktor aufgesetzt hat. Eine Klausel darin bezieht sich auf den Fall der Scheidung. Das hat ihn gewundert.

Von Scheidung hat er nie etwas gesagt. Er will keine Scheidung. Wozu?

Arnold entfaltet die Zeitung, schlägt sie mit der Hand in die richtige Leseposition. Ob das mit der Scheidungsklausel Marias Idee war, oder die von Viktor?

Hausfreund Viktor hatte schon immer eine Schwäche für Maria. Ob die beiden einander inzwischen näher gekommen sind? Das ist eine Vorstellung, die ihm nicht behagt. Unsinn, Viktor ist viel zu dick, beruhigt er sich. Viktor ist ein verlässlicher Freund, aber kein Liebhaber.

Sechs Wochen später.

Halb elf ist die Tageszeit, zu der die Sonne, wenn sie denn scheint, vom gegenüberliegenden Hinterhoffenster auf Marcos Bett gespiegelt wird. An diesem Morgen trifft der Strahl seine verwuschelten Haare und Julias Nasenspitze. Ihre Hand schlägt im Halbschlaf nach der vermeintlichen Fliege und trifft ihre Nase. Irritiert blinzelt Julia ins Licht und fragt sich, wo sie ist. Ein Seitenblick auf Marco sagt es ihr. Sie beugt sich zu ihm hinüber und küsst seine Haarspitzen. Als er nicht reagiert, lässt sie ihn schlafen, dreht sich auf den Rücken und blickt durch das vorhanglose Fenster zu dem kleinen Dreieck Himmel zwischen den Dachfirsten. Makellos blau. So wie gestern auch schon. Julia verschränkt die Arme unter dem Kopf und denkt an ihren Ausflug zum Schlachtensee. Wie Mogli an Lianen haben sie sich an einem dicken Seil vom Baum geschwungen, und sind kreischend ins Wasser geplumpst. Das war toll. Das könnten sie heute wieder machen. Oder vielleicht eine Dampferfahrt. Auf jeden Fall vorher ein Frühstück am Winterfeldtplatz, und dann auf dem Markt Picknick besorgen. Sie räkelt sich wohlig. Es geht ihr gut, sehr gut. Eigentlich. Wäre da nicht dieses leise Nagen, dieses schlechte Gewissen. Jetzt ist sie schon seit zwei Tagen in Berlin und hat ihren Vater immer noch nicht angerufen. Eigentlich hätte sie sich schon von Bonn aus melden müssen, ihren Besuch ankündigen. Aber dann hätte er sie mit einem vollen Kulturprogramm überschüttet und gewollt, dass sie bei ihm übernachtet. Er weiß nichts von Marco. Der Mutter hat sie längst von ihm erzählt, das war kein Problem, aber ihr Vater! Keiner ist ihm gut genug für seine Überfliegertochter.

Julia schnaubt verächtlich. Hat sich was mit Überfliegertochter! Die letzte Prüfung hat sie versiebt. Das weiß er auch noch nicht. In zehn Tagen ist die Wiederholung, wenn sie die besteht, dann wird er es erfahren.

Sie blickt zum schlafenden Marco und seufzt. Ein Freund, der weder Intellektueller noch Künstler ist, sondern ein Gärtner, einer, der sein Abitur in der Abendschule nachholt, mit dem kann ihr Vater bestimmt nichts anfangen. Abrupt setzt sie sich auf, schwingt ihre Beine aus dem Bett und vergräbt den Kopf in ihren Händen.

"Was ist los?" fragt Marco.

"Nichts."

"Klar, so wie du da rumfuhrwerkst - nichts."

Er streckt seine Hand aus und streicht ihr über den Rücken.

"Ich muss meinen Vater anrufen."

"Das ist ja furchtbar", lacht er, und will sie zu sich aufs Bett ziehen. Doch Julia steht auf und geht ins Bad. Sie putzt sich die Zähne so rabiat, dass der Spiegel weiße Sprenkel abkriegt.

"Ich will nichts erklären, ich will in kein Konzert, und ich will auch in kein Museum!" faucht sie vor sich hin. "Ich will..."

Da wird sie von hinten umarmt. Überrascht schlägt sie um sich, aber Marco hält ihre Arme fest, dreht sie zu sich und küsst ihr die Zahnpasta vom Mundwinkel.

"Ich glaube, ich weiß, was du willst", sagt er.

Sein Blick ist eine eindeutige Aufforderung.

"Ja, Zähne putzen", knurrt sie, spuckt ins Waschbecken und spült sich den Mund.

"Sicher?"

"Sicher", behauptet sie, gibt ihm einen Stoß und rennt an ihm vorbei, zurück unter die Bettdecke. Er springt hinterher. Ein Quieken und Lachen, ein Gerangel, schließlich Sex, und am Ende ein befriedigtes Auseinanderfallen. Sie lauschen ihrem Atem, hören zu, wie er sich langsam beruhigt. Dann fangen sie gleichzeitig an zu reden.

"Was hältst du von..." "Du könntest..."

"Du zuerst"

"Nein du."

"Du könntest deinem Vater sagen, dass du erst heute angekommen bist."

"Und dann?"

"Ich will nicht. Ich will mit dir schwimmen gehen."

Julias Stimme hat einen kläglichen Klein-Mädchen Ton angenommen.

"Das eine schließt das andere nicht aus."

"Das glaubst du auch nur."

"Ist dein Vater denn so ein Ungeheuer?"

"Nein! Er ist eigentlich ganz lieb."

Überzeugend klingt das nicht. Marco hat genug von der Diskussion und steht auf. "Frühstück?"

Julia nickt zögerlich. "Mein Großvater hat immer gesagt: Gut essen hält Leib und Seele zusammen."

"Dein Großvater war ein kluger Mann. Also..."

Er wirft ihr die Unterhose zu.

Bei der zweiten Tasse Grüntee hat Julia eine Erleuchtung. Zufrieden mit sich haut sie auf den Tisch: "Ich weiß jetzt, was ich mache."

"Und - was machst du?"

"Nichts!"

"Interessant."

"Ich rufe meinen Vater einfach gar nicht an. Ich tue so, als wäre ich nicht in Berlin. Von wem soll er es erfahren? Von meiner Mom bestimmt nicht. Die reden fast nie miteinander. Die schreiben sich höchstens mal eine Mail zum Geburtstag."

"Immerhin. Mehr als das, was ich von meinen Eltern kenne."

Marco wischt die letzten Reste Spiegelei mit einem Stück Brot auf. Julia nickt. Sie weiß, dass ihr Elternhaus vergleichsweise unkompliziert ist. Manchmal schämt sie sich für ihre lächerlichen Probleme. Aber für sie sind es trotzdem welche. Sie steckt die Petersiliendekoration in den Mund und kaut. Es schmeckt scheußlich. Aber ausspucken verbietet sie sich. Verachtungsvoll schluckt sie das Zeug runter und fasst einen Entschluss.

"Wenn ich das nächste Mal herkomme, dann rufe ich meinen Vater vorher an. Und dann sage ich ihm einfach, dass ich bei dir wohne."

Marco macht ein Daumen-hoch-Zeichen und signalisiert der Bedienung, dass sie zahlen wollen.

"Er kann uns ja zum Abendessen einladen, wenn er will", fügt Julia hinzu.

"Klingt gut. Also, einkaufen und dann zum Müggelsee?"

Das junge Paar schlendert Hand in Hand über das breite Trottoir. Durch Straßenbäume gefiltertes Licht flirrt über

Autos, Radfahrer, Elektroroller, und Kinderwagen. Klavier-
töne untermalen die sommerliche Idylle. Julia sucht die Fas-
saden ab, um die Quelle der Musik auszumachen.

"Das kommt nicht aus den Häusern, das ist der Straßenpianist."

"Straßenpianist?"

"So ein Glatzkopf. War früher mal Klavierstimmer. Jetzt
karrt er sein Instrument auf Umzugsrollen durch die Stra-
ßen und gibt selber Konzerte."

"Das ist ja cool."

"Der spielt das Scherzo von Diabelli!"

"Was du alles weißt."

"Ach Quatsch!" wehrt Julia ab, und beschleunigt ihre Schritte. "Das weiß ich nur, weil es das Paradeding von meinen
Eltern ist. Hab ich dir doch erzählt. Das, was sie bei der Ab-
schiedsfeier von meinem Dad gespielt haben."

"Ach so."

Marco erinnert sich an die Geschichte. Aber Julia erzählt sie
ihm trotzdem noch einmal.

"Alle dachten, das ist echt das ideale Ehepaar. Ich auch. Und
dann der Schock, als meine Mutter anruft. Total verstopfte
Nase. Erst hab ich gedacht, sie ist erkältet, aber..."

Julia schlägt sich mit der Hand vor den Mund.

"O Gott!"

Sie starrt auf zwei Männerrücken, auf zwei Köpfe, die im
Takt wippen, ein Glatzkopf und eine Silbermähne.

"Das ist jetzt nicht wahr."

Sie weicht zurück, sucht Deckung im nächsten Hauseingang. Sie lehnt sich gegen die Wand, rutscht an ihr herunter und bleibt unten hocken wie ein Häufchen Elend. Marco sieht von ihr zu den beiden Klavierspielern und wieder zurück zu Julia.

"Den Glatzkopf kenne ich, aber der andere... sag bloß, das ist..."

"Genau." Julia nickt. "Gott ist das peinlich!"

Marco unterdrückt ein Lachen. Er findet es eher unterhaltsam. "So langsam werde ich neugierig auf deinen Alten."

Er versucht, Julia hochzuziehen, aber sie weigert sich. Und so setzt er sich neben sie auf die Treppenstufe. Von dort aus können sie das Klavier nicht mehr sehen, nur noch hören. Schlussakkord. Magerer Beifall. Dann folgt irgendetwas von Strauss. Ein Hauch von Wien mischt sich mit dem Gestank der Mülltonnen aus dem Durchgang zum Hof.

"Komm, wir gehen da jetzt hin und begrüßen deinen Vater."

"Nur über meine Leiche."

Marco denkt nach und lässt dabei die Zunge über seine Zähne wandern. Mal beult er die rechte Backe aus, dann wieder die linke. Endlich fällt ihm ein, wie er Julia dazu bringen kann aufzustehen.

"Da ist ´ne tote Ratte."

Julia schießt in die Höhe.

"Wo?"

Marco grinst sie an. Als sie begreift, dass es gar keine Ratte gibt, will sie sich auf ihn stürzen. Er lacht und flüchtet vor ihrem Angriff. Sie verfolgt ihn - und rempelt einen Passanten.

"Tschuldigung!"

Arnold sieht der Remplerin ungläubig hinterher.

"Julia!?"

Sie bleibt stehen, realisiert, wen sie da umgerannt hat und erstarrt.

"Das ist ja eine Überraschung", konstatiert Arnold das Offensichtliche.

"Paps, ich... ehm..."

Marco hat die Szene beobachtet und stellt sich neben Julia. Er ruckt ungeschickt mit seinem Kopf, was man mit etwas gutem Willen als Andeutung eines Dieners interpretieren könnte. Arnold verkneift sich ein Grinsen. Und Julia entsinnt sich der Erziehung, die sie genossen hat. Sie stellt die beiden einander vor.

"Das ist Marco. – Mein Vater."

Sie stehen im Dreieck und wissen nicht, wie es weitergehen soll.

"Haben Sie auch einen Nachnamen, Marco?" ergreift der Vater die Initiative.

"Müller. Marco Müller."

"Originell" kann Arnold sich nicht enthalten zu kommentieren.

"Tja. Wie wäre es mit einer Tasse Kaffee?"

Julia sieht ihren Vater feindlich an.

"Wir haben gerade gefrühstückt", erklärt Marco.

"Gefrühstückt, soso." Arnold blickt demonstrativ auf seine Uhr, und lächelt. "Dann vielleicht ein vorgezogener Aperitif?"

"Wir wollen mit dem Dampfer nach Köpenick", wehrt Julia ihn ab.

"Ja dann, ehm, will ich Euch nicht aufhalten. Wie lange bist du noch in Berlin?"

"Morgen Nachmittag. Mein Zug geht um 17 Uhr 30."

"Dann komm mich doch morgen früh besuchen."

Als Julia nicht gleich antwortet, fügt er mit süffisanter Toleranz hinzu: "Natürlich nicht vorm Aufstehen. So gegen zwölf?" Und zu Marco gewandt: "Ich hoffe, Sie können sie für zwei Stunden entbehren?"

Marco zuckt mit den Schultern.

"Also gut, morgen um zwölf", raunzt Julia unwillig.

"Hat mich gefreut, Herr Müller. - Und viel Spaß bei der Dampferfahrt. Die Altstadt von Köpenick hat durchaus Atmosphäre. Allerdings müsst ihr von der Anlegestelle aus erstmal ein Stück laufen, an einem ziemlich missglückten Einkaufszentrum vorbei. Lasst euch davon nicht abhalten", sagt Arnold und geht mit langen Schritten davon.

Am nächsten Tag steigt Julia die Treppe eines ihr bis dato nur als Adresse bekannten Mietshauses hoch. Bis zum zweiten Stock gibt es einen roten Sisalteppich, gehalten von Messingstangen. Danach nur noch nacktes Holz. Auf dem Absatz zwischen dem dritten und dem vierten Stock macht Julia eine Pause. Sie blickt hinunter auf das enge Hofgeviert, in der eine verkümmerte Kastanie ihr Leben fristet. Altengerecht ist die Wohnung ihres Vaters schon mal nicht. Vierter Stock! Wasserkästen möchte sie keine hier hochschleppen, Koffer auch nicht.

Irgendeine Kirchenglocke beginnt zu bimmeln. Zwölf Uhr. Sie ist pünktlich. Überpünktlich. Unten leert ein Mann in Muskelshirt und Jogginghose eine Tüte über dem Container aus. Einige Papiere entwischen. Der Typ reckt lässig seinen schwarz tätowierten Arm und fängt eines wieder ein. Die anderen segeln weiter, lassen sich am kinderlosen Sandkasten nieder. Der Typ geht daran vorbei, trippelt ein paar Schritte und kickt eine verbeulte Dose gegen die Wand. Es scheppert.

Eine ziemlich gemischte Gegend, die sich ihr Vater ausgesucht hat, denkt Julia. Eine Art Gegenprogramm zur Jugendstilvilla.

Das erste Weihnachten ohne Vater war schrecklich. Der gute Wille ihrer Mutter, es trotz allem wie immer zu machen, war nur schwer zu ertragen. Und dann dieser Eiertanz: Was sagt man, was besser nicht, was tut ihr weh, womit verschreckt man sie? Am besten gar nicht erwähnen, dass sie ihren Vater getroffen hat. Aber was ist, wenn sie fragt?

Julia schüttelt sich bei der Erinnerung.

Die Begegnung mit dem Vater war auch nicht viel besser. Es war der dritte Advent. Er kam aus Rom, wollte zu seiner Freundin nach Düsseldorf, hat extra in Bonn übernachtet, um sie zu sehen. Sie hat ihn am Hotel abgeholt. Eine ziemliche Absteige, gleich hinter dem Bahnhof. Zusammen haben die Eltern immer im Steigenberger gewohnt.

"Ist ja nur für eine Nacht", sagte er, als sie ihn darauf ansprach. Und dann hat er sie in ein Sternerestaurant eingeladen. So war er schon immer, einerseits großzügig, dann wieder total knauserig. Aus der Mischung ist sie noch nie schlau geworden. Nicht, dass er oft eingekauft hätte, aber wenn, dann machte er eine Staatsaktion daraus. Er suchte alle Markstände ab, bis er die billigsten Tomaten gefunden hatte.

Die Kirchenglocke hat aufgehört zu bimmeln.

Ob diese Tussi ihn noch besucht? Sie hat diese Cordula einmal kennengelernt, bei einer Vernissage. Ihr Vater wollte das unbedingt. Es war trotzdem Scheiße. Und sie hat sich dafür gehasst, dass sie sein Spiel mitgespielt hat.

Jetzt nimmt sie Anlauf für die letzten Stufen und drückt ihren Finger entschlossen auf den Klingelknopf.

"Komm rein."

Sein Begrüßungskuss ist flüchtig. Arnold war schon immer sparsam mit Umarmungen, und heute ist er nervös. Er will sich nicht eingestehen, dass er Angst hat vor seiner Tochter. Allerdings hat er noch in Erinnerung, wie gnadenlos er seinen eigenen Vater behandelt hat. Natürlich ist das nicht zu vergleichen. Das waren vollkommen andere Voraussetzungen. Julia ist nie geprügelt worden. Nie auch nur eine Ohrfeige. Obwohl, wenn er ehrlich ist, manchmal hat es ihn gejuckt. Das ist lange her. Nun ist es eine junge Frau, die da in seinem Flur steht. Sie ist ihm nah wie kein anderer Mensch, und gleichzeitig fremd. An einer Haarbürste ist sie heute Morgen wohl noch nicht vorbeigekommen. Nun inspiziert sie seine Wände, als gäbe es da wer weiß was zu besichtigen. Aber sein Flur ist kahl. Da gibt es nichts, außer den an der Wand aufgereihten Schuhen und der nackten Glühbirne.

"Ich wollte mir neulich einen Lampenschirm kaufen", sagt er, um das unangenehme Schweigen zu füllen. "Ich war sogar schon in einem Geschäft, aber ich konnte mich nicht entscheiden. Vielleicht gehen wir mal zusammen hin."

"Soll ich die Schuhe ausziehen?" fragt Julia.

"Nicht nötig," sagt er und geht in Richtung Küche.

"Hier ist das Bad", sagt er im Vorbeigehen. Offenbar versteht Julia seine Bemerkung als Aufforderung, die Tür zu öffnen. Gut, dass er Cordulas Sachen in den Schrank unterm Waschbecken geräumt hat. Was jetzt noch auf der Ablage liegt, ist unverfänglich. Ein Kamm, Rasierzeug und nur eine Zahnbürste.

Julia sieht weiße Kacheln, eine gläserne Dusche, und vor dem gekippten Fenster mit Riffelglas eine weiße Toilette. Auch das Duschtuch auf der Stange ist weiß.

"Schön", sagt sie. "Ich wusste gar nicht, dass Du ein Faible für Zen hast."

"Vielleicht bin ich ja ein verhinderter Mönch."

Sein Versuch zu scherzen kommt bei Julia nicht gut an. Sie verzieht ihr Gesicht, als hätte sie auf etwas Bitteres gebissen.

"Hast du was zu trinken?" fragt sie.

"Holundersirup. Magst du doch, oder?"

Er füllt ein Glas mit Leitungswasser und gießt einen Spritzer Sirup hinzu.

"Mama macht das immer andersrum. Erst Sirup, dann Wasser."

"Ja und?" fragt er irritiert.

"Das verteilt sich dann besser."

Er rettet sich in Ironie. "Danke für den Hinweis. - Darf ich bitten?"

Er weist mit galanter Geste auf den Küchenstuhl. Doch Julia will sich nicht setzen.

"Zeigst du mir noch den Rest der Wohnung?" fragt sie.

"Natürlich, wenn du willst."

Er öffnet die Tür zum gegenüberliegenden Zimmer. In der Ecke ein Doppelbett, das weiße Bettzeug ordentlich gemacht, aber keine Überdecke. Geradeaus zwischen zwei Fenstern ein rechteckiger Holztisch, randvoll mit Papieren. Julia erkennt seinen Bürostuhl wieder und seine alte Tischlampe. Sie fragt sich, wie die hierher gekommen sind. Vielleicht mit dem Wagen von Cordula? Das Familienauto ist bei Maria geblieben und soviel sie weiß, hat ihr Vater sich kein neues gekauft. Ob ihre Eltern sich getroffen haben bei der Übergabe? Vielleicht ist Cordula im Auto sitzen geblieben und die Frauen haben sich aus der Entfernung beäugt. Scheiße, wieso denkt sie darüber nach! Das sollte ihr voll egal sein! Das ist deren Problem, was sie mit ihrem Leben machen.

Normalerweise empfindet Arnold sein Ambiente als zufriedenstellend. Doch unter der Betrachtung seiner Tochter kommt es ihm kümmerlich vor. Er glaubt, sich verteidigen zu müssen.

"Ich bin nicht so der Inneneinrichter", sagt er. "Das hat immer alles deine Mutter gemacht."

Julia geht auf die Umzugskisten in der Ecke zu. Bücher, Noten und ein Radioplayer tummeln sich darauf.

"Ein Bose", sagt Arnold nicht ohne Stolz. "Klein, aber ein erstaunlicher Klang."

Er fährt mit der Hand über die Oberfläche. Kakophonische Klänge erfüllen den Raum.

"Ganz schön hart", meint Julia und streicht nun ihrerseits mit dem Finger über den Player. Stille.

Arnold kann Julias Statement nicht unwidersprochen stehen lassen. "Schönberg ist nicht hart, nur klar. Allerdings erschließt er sich erst, wenn man genauer hinhört. Wenn du ihn studierst, findest du bei ihm eine Zartheit, eine Reinheit, dagegen ist alles andere langweilig."

Er sucht auf seinem Schreibtisch nach der Partitur, um sein Plädoyer zu unterfüttern. "Allein das Notenbild der Zwölftonarchitektur ist..."

"Schon gut, Papa", unterbricht Julia ihn. Sie geht in den Flur und öffnet die Tür zum zweiten Zimmer seiner Wohnung.

"Das ist noch gar nicht eingerichtet!" versucht Arnold, sie zurückzuhalten. Er hätte den Raum abschließen sollen. Nun ist es zu spät. Wieso hat er das nicht vorausgesehen? Er weiß doch, wie spontan Julia sein kann.

Jetzt umrundet sie neugierig seine Pappkonstruktion, die den Großteil des Fußbodens einnimmt. Die Pappe war schwer zu schneiden, teilweise musste er anstückeln. Die Maße waren kein Problem, die hatte er im Blut. Zum Glück hat er darauf verzichtet Tasten einzuzeichnen. Vielleicht erkennt Julia nicht, was es ist.

"Das ist die Verpackung vom Bett. Ich wusste nicht, wohin damit", erklärt er. Doch Julia hat ihn durchschaut.

"Ein Flügel aus Pappe. Interessant."

Da sieht der große Vater plötzlich aus wie ein kleiner Junge, der etwas ausgefressen hat. Julia überkommt ein Zärtlichkeitsimpuls. Sie umarmt ihn. Doch er bleibt steif. Da lässt sie ihn wieder los und merkt, dass sie durstig ist. In der Küche leert sie das ganze Glas auf einmal und füllt es am Spülbecken nach.

"Platz genug für einen Flügel hast du ja", sagt sie. "Aber den von zu Hause kriegst du nicht mehr. Mom nimmt jetzt Unterricht. Sie ist richtig gut geworden."

"Ein Flügel passt sowieso nicht durchs Treppenhaus."

"Du könntest dir ein Klavier holen", schlägt sie vor. "Die gibt es auch zu mieten."

"Musik ist im Kopf. Ich hab mich daran gewöhnt, Partituren zu lesen", sagt er abweisend.

"Aber du hast doch immer gesagt, Musik versteht man nur, wenn man sie auch spielt."

Arnold weicht ihrem Blick aus. Julia, die ein paar Semester Psychologie studiert hat, überlegt, ob ihr Vater ein Selbstbestrafungsprogramm verfolgt.

"Wenn ich spielen will, gehe ich ins Hotel", sagt er lahm.

"Ins Hotel?!"

"Ich kenne den Manager. Der lässt mich in die Kellerbar. Tagsüber ist da keiner."

Schweigen. Arnold fragt sich, wie er dazu kommt, sich vor seiner Tochter zu rechtfertigen. Höchste Zeit, den Spieß umzudrehen.

".Und jetzt erzähl mal von dir. Wo hast du deinen Marco kennengelernt?"

Als Julia gegangen ist, setzt Arnold sich im Schneidersitz vor den Pappflügel und denkt über seine Kindheit nach. Er sieht den schweren Schreibtisch seines Vaters vor sich, gedrechselte Eiche. Wenn klein Arnold seine Strafe entgegen nahm, landete sein Kopf auf der ledernen Löschpapierumrandung. Hinterher hatte er einen Strich im Gesicht von der Kante. Er versuchte dem Schmerz zu entgehen, indem er die Tintenflecken auf dem Löschpapier in Inseln verwandelte und sich die Musik vorstellte, die auf diesen Inseln gespielt wurde. Die Schläge mit dem Lineal gaben den Takt vor.

Wahrscheinlich hat es seinem Vater nicht mal Spaß gemacht, ihn zu schlagen, denkt Arnold jetzt. Wahrscheinlich tat er nur, was er für seine Pflicht hielt. Sein Vater war ein musischer Mensch. Für einen Juristen spielte er ziemlich gut Klavier. Aber mit elf war Arnold besser.

Er lächelt bei der Erinnerung an seinen Triumph.

Seit Wochen mühte sich der Vater an einer Chopinsonate ab. Er machte immer dieselben Fehler. Da sah Arnold seine Chance. Er übte heimlich, wie ein Besessener, aber nur, wenn der Vater außer Haus war. Monatelang. Und dann kam dieser Sonntag. Die Mutter rief zum Essen. Der Vater stand auf und meinte resigniert, dieser Chopin sei einfach zuviel für ihn. Das war sein Stichwort. Der Kleine setzte sich an den Flügel und zeigte dem Großen wie es geht. Der Vater verharrte in der Tür und hörte zu. Er brachte sogar die Mutter zum Schweigen, als sie anmahnte, das Essen würde kalt.

"Nicht schlecht", sagte er, als der letzte Ton verklungen war. Das war ein hohes Lob, nur übertrumpft von seinem "Alle Achtung" ein paar Jahre später, als Arnold mit sechzehn Leiter des Schulorchesters wurde.

Trotz allem war Musik für den Vater kein Beruf, nur eine schöne Beigabe. *Willst du etwa zu den Hungerleidern gehören?* Den schneidenden Tonfall hat Arnold noch heute im Ohr.

Der Musiklehrer war enttäuscht, als er in der Abiturzeitung seinen Berufswunsch Jurist las. Er nahm ihn beiseite und erzählte ihm etwas von einem Talent, das man nicht wegwerfen dürfe. Aber dieser schmale Mann mit der Baskenmütze war kein Vorbild. Er war ein Musiklehrer, dem die Schüler auf der Nase herumtanzten, eine Lachnummer. So wollte er auf keinen Fall enden.

Arnold steht mühsam auf. Langes Sitzen auf dem Fußboden ist nichts für alte Knochen. Er ignoriert den Schmerz im Knie, schüttelt die Beine. Dann macht er sich daran, die Pappe in mülltonnengerechte Stücke zu reißen.

Begegnung

Es ist einer dieser trüben Nebeltage. So lässt Ella sich von einem farbigen Plakat ins Museum locken. Gleich das erste Gemälde springt sie an. Es zeigt eine bäurische Lolita im roten Kleid. Ein Fächer kratzt schwarz am verschmierten Mund. Die Backen des Mädchens sind noch erhitzt, seine Augen geschlossen, in einer trüben Ergebenheit, die Missbrauch vermuten lässt. In der Hand hält die Kindfrau ein zerknülltes weißes Tuch.

Das nächste Bild zeigt zwei nackte Frauen, erwachsene Frauen diesmal, stämmig sogar. Rot betont die heißen Körpersegmente, blau die kühleren. Die in der Mitte ist mit jeder Zelle ihres Körpers auf etwas außerhalb des Bildes gerichtet, ihr Auge rot vor Verlangen, so rot wie ihr Schamhaar, ein Pfeil, der auf ihren Schoß zeigt. Das eigentliche Heiligtum ist verdeckt durch den glühenden Haarschopf der Freundin. Beobachtet werden die beiden von einem breitbeinigen Mann im Hintergrund. Sein weißes Handtuch betont ein unscharf geschwollenes Geschlecht. Absurderweise trägt er zur Nacktheit einen Hut, so als wolle er sich tarnen. Ein Bach stürzt vom Mann zu den Frauen.

Ella wird es mulmig angesichts soviel öffentlich zur Schau gestellter Sinnlichkeit. Sie blickt sich um. Die Besucher stehen vereinzelt, jeder in seinem eigenen Universum. Das gepflegte Ambiente lässt nicht erkennen, was in den Köpfen passiert. Blickkontakte werden vermieden.

Ella wendet sich wieder zur Wand. Einer Schautafel entnimmt sie, dass Ehefrau Lotte das bevorzugte Modell von Max Pechstein war. Charlotte Kaprolat hieß sie vor der Ehe, ein Name so kräftig wie die Frau auf dem Foto. Nicht gerade eine Schönheit, aber von großer Präsenz. Der neben ihr sitzende Künstler scheint von ihr an den Rand gedrängt. Beinahe schmächtig nimmt er sich aus neben der prall lebendigen Frau.

1913 wurde den beiden ein Sohn geboren. Kurz darauf reisten sie in die Südsee - ohne Sohn. Zwei Jahre wollten sie auf den Palau-Inseln bleiben.

Und das Kind? fragt Ella sich unmutig. Dann allerdings fällt ihr ein, dass sich auch die eigene Urgroßmutter von ihrem Nachwuchs fernhielt. Offenbar war das damals so in gehobenen Kreisen. Kleinkinder galten nicht als vollgültige Menschen. Für ihre Versorgung gab es Dienstboten.

Ella bleibt vor einem Südseebild stehen. Es präsentiert eine leuchtende Idylle. Groß und Klein wuseln fröhlich durcheinander. In dem fernen Land gehörten die Kinder anscheinend dazu.Die Nacktheit wirkt unschuldig. Anders als die in Deutschland gemalte.

Doch auch die Idylle wurde von der Weltgeschichte nicht verschont. Japaner besetzten die Inseln. Das Künstlerpaar wurde interniert. Die Flucht gelang.

Zurück in Deutschland war der Krieg noch nicht vorbei. Pechstein wurde eingezogen.

Trotzdem konnte er 1917 ein großes Bild malen, einen Sonnenuntergang mit Boot und friedlichen braunhäutigen Insulanern. Kriegsferner ging es nicht. Aus demselben Jahr stammt ein Portrait von Lotte. Diesmal ist sie voll bekleidet, mit Hut und blauer Boa. Der Blick ist nach innen gekehrt, der Mantel von gedämpftem Rot und hochgeschlossen.

Ella spaziert zur nächsten Fototafel. Sie zeigt den Künstler nach dem Krieg, im Jahr 1921. Dieser Max Pechstein ist kein an den Rand Gedrängter mehr, aber auch kein zur Ernsthaftigkeit Gereifter. Dieser Pechstein ist ein Überlebenskünstler, ein selbstbewusst grinsender Filou, mit Pfeife und gestreiftem Schal.

Ella liest den Text zum Foto und erfährt, dass er frisch verliebt war, in die damals sechzehnjährige Marta. Sie avancierte zu seinem bevorzugten Modell. Er malte sie mit Badeanzug, immerhin. Ein wild schäumendes Meer hat die junge Marta an den Strand geworfen. Ihr Gesicht ist verschattet. Es bleibt der Fantasie des Betrachters überlassen, ob sich Angst darin spiegelt, Schuldbewusstsein, oder Lust. Auch der Mann im Hintergrund bleibt gesichtslos.

"Frische Brise" heißt das Bild.

Es folgte die Scheidung. Ehefrau Nummer eins machte den Weg frei für Ehefrau Nummer zwei. Lotte wanderte aus, nach Kolumbien. Den Sohn ließ sie beim Vater. So die dürren Fakten.
Ella würde gern mehr erfahren und befragt ihr Handy. Doch es gibt keine weitere Auskunft. Mit der Trennung von Pechstein trat Lotte zurück in das Dunkel der Anonymität.

Doch auch das Glück der zweiten Ehefrau scheint nicht von Dauer gewesen zu sein. Auf einem Portrait, vier Jahre nach der Hochzeit entstanden, sieht sie versteinert desillusioniert aus. Sie hält eine Zigarette in der Hand. "Modellpause" heißt das Bild, in dem nicht nur das Modell Pause hat, sondern ganz offenbar auch die Sinnlichkeit. Die findet, den Bildern nach zu urteilen, mittlerweile anderswo statt, auf Tanzböden und in Bordellen. In den dort entstandenen Skizzen ist die Sinnlichkeit überbordend, zur schieren Sexualität mutiert.
Unterdes wuchs der Sohn des Malers zum Jugendlichen heran. Von weitem sieht sein Portrait aus wie das eines gestandenen Mannes. Erst aus der Nähe sieht Ella den unfertigen Blick hinter den Brillengläsern, weich, und etwas verloren. Ernst sieht der Jüngling aus. Die leichtfüßige Welt des Vaters scheint ihm fremd zu sein. Bei ihm gerät nichts aus

der Fasson. Seine Haare sind ordentlich gescheitelt, die Fliege zum schwarzen Anzug ist perfekt gebunden. Und das weiße Hemd hat einen hochgestellten Kragen, einen so genannten Vatermörder.

Ella kann sich ein Grinsen nicht verkneifen. Doch das vergeht ihr, als sie die nächste Texttafel liest.

Max Pechstein wurde 1933 seiner Professur enthoben und als entarteter Künstler eingestuft. Zur selben Zeit kandidierte sein Sohn für die Aufnahme in der SA.

Ella braucht jetzt dringend einen Kaffee.

Retten

Er kommt von seiner Mutter, von seinem wöchentlichen Besuch bei ihr.

Natürlich haben sie wieder gestritten. Als erstes hat er das Fenster aufgerissen, weil es stank. Und dann hat er ihr an den Kopf geworfen, dass sie nicht mehr für sich selber sorgen kann.

"Ich rieche nichts." Sie warf ihm einen koketten Blick zu.

"Begreif es doch Mutti, du brauchst Hilfe!"

"Ich will aber keine fremden Leute im Haus!!!"

Ihre Augen blitzen. Und er erkennt sie wieder, die Starke, die Unabhängige. Beinahe ist er stolz auf ihre Unbeugsamkeit. Aber die Hilflosigkeit lässt ihn wütend werden.

Er räumt auf, das Gröbste, und schimpft dabei. So ist es jedes Mal.

Früher war sie es, die schimpfte. Manchmal wollte er das, hat sie absichtlich provoziert. Im Schimpfen war sie ihm ungeteilt nah.

Der Bus ist voll. Dampfender Geruch von feuchten Mänteln. Ein paar dunkle Gesichter, nicht von hier. Immer mehr davon gibt es. Was die wohl hinter sich haben? Er will es nicht wissen. Die Haltestelle kommt näher. Nur raus hier. Und zu Hause als erstes den Wasserkocher an. Er freut sich auf heißen Tee mit Rum, halbe-halbe.

Herbert schlägt den Kragen hoch. Der Wind ist kalt, die Straße nass und leer. Nur unterm Torbogen ein paar Menschen, die den Regen abwarten. Ratlos blicken sie auf etwas am Boden. Ein Junge bückt sich danach.

"Nicht anfassen!" pfeift die Mutterstimme den Buben zurück.

"Aber man muss doch helfen."

"Der ist nicht mehr zu helfen."

"Dann muss man sie begraben!"

"Unsinn, die lebt doch noch, komm jetzt."

Die Mutter zieht den Buben in den Regen hinaus. Auch Herbert eilt weiter, nachdem er einen Blick auf die ramponierte Taube geworfen hat.

Vor zwei Jahren hat er einen kleinen Habicht gerettet. Er hat ihn aufgezogen, wochenlang. Er hat ihm keinen Namen gegeben, nannte ihn nur Vogel. Er musste Mäuse für den Habicht fangen, als der das noch nicht konnte. Er kämpfte mit seinem Ekel und sah eisern nach vorn, freute sich auf die Zeit, wo er wieder frei sein würde von dieser lästigen Pflicht. Als der Habicht groß genug war, um fliegen zu können, brachte er das fremd gebliebene Wesen zum Waldrand. Es zögerte ein wenig, flog dann tatsächlich weg. Herbert war froh darüber, und wunderte sich über die sonderbare Leere, die das Gefühl seiner Befreiung begleitete.

Damals traf er sich ein paar Mal mit einer Frau. Er wusste schon bald, dass sie kein Paar werden würden. Aber sie konnte gut zuhören und so erzählte er ihr von dem Habicht. Sie schwieg gedankenvoll, sah ihn an und murmelte etwas von widerwilliger Liebe. Sie fragte ihn, ob es bei ihm zu Hause Zärtlichkeit gegeben habe.

Da hatte er laut gelacht, so laut, dass es ihm selber aufgefallen war.

"Zärtlichkeit! Meine Mutter war schon vierzig, ledig, und ich selber nicht gerade geplant." Dann lachte er gleich noch einmal, sicherheitshalber. An die Frau hat er schon lange nicht mehr gedacht. Warum jetzt? Und warum bleibt er stehen, statt weiterzugehen in seine Wohnung?

Herbert kehrt um. Er geht zurück zum Torbogen. Die Menschen dort warten noch immer das Ende des Regens ab. Das sterbende Vieh in ihrer Mitte scheinen sie vergessen zu haben. Sie blicken gelangweilt in den grauen Himmel.

Dass Herbert nun zurückkommt und sich zur Taube bückt, ruft missbilligendes Interesse hervor. Sie beobachten, wie er das befederte Ding auf eine Zeitung bettet. Herbert spürt ein Grinsen in seinem Rücken.

"Ist was!?" fragt er aggressiv.

Er bahnt sich seinen Weg nach draußen und fragt sich, warum er sich das antut. Was will er mit dem halbtoten Tier? Es ist nicht mal ein Habicht, es ist eine Taube! Diese Biester scheißen alles zu, übertragen Krankheiten. Vergiften sollte man sie statt retten.

Seine Pranken klappen behutsam das obere Ende der Zeitung als Regenschutz über die unterm Gefieder bläulich atmende Haut.

Blau

Margot geht an der Bushaltestelle auf und ab. Sie zieht ihren blauen Schal über den Kopf. Montag ist ihr blauer Tag. Vor ein paar Jahren hat sie ihr Leben vereinfacht. Sie war genervt von der morgendlichen Unentschlossenheit vor ihrem Kleiderschrank. Deshalb hat sie den Wochentagen bestimmte Farben zugeordnet. Das gibt ihren Tagen Kontur. Am Montag ist die blaue Palette dran. Blaue Hose, blauer Pullover. Nicht wegen blue monday. Als Rentnerin kann Margot jeden Tag blau machen. Sie denkt eher an die Farbe des Himmels, an den Mantel von Maria, an die metaphysische Bedeutung, und manchmal auch daran, dass sie alles in allem mit einem blauen Auge davon gekommen ist, in ihrem langen Leben.

Der Bus hat schon wieder Verspätung. Jetzt fängt es auch noch an zu nieseln. Zum dritten Mal macht sie einen Bogen um diese gelangweilte Gruppe Dunkelhäutiger. Nicht, dass sie etwas gegen Farbige hätte. Eine Zeit lang hat sie sogar Deutsch für Asylbewerber unterrichtet. Aber ihr ist jede Ansammlung Gleichgearteter suspekt, eine Busladung voller Rentner ebenso wie weiße Fußballfans. Wenigstens haben die hier keine Bierflaschen in der Hand. Vielleicht sind es Muslime. Jedenfalls sehen sie nicht so aus, als würden sie auf den Bus warten. Sie hängen hier rum, an diesem Unort, zwischen Parkplatz und Eisenbahngraben. Sie haben kein

Ziel in ihrem Leben, keine Perspektive, kein Geld, sich ins Café zu setzen, und arbeiten dürfen sie auch nicht. Das ist tendenziell gefährlich. Die Regentropfen werden dicker. Ein Skandal, dass die Stadt sich keinen vernünftigen Schutz für ihre Haltestellen leistet.

Die Schwarzen lachen. Sie scheinen den Regen nicht zu spüren. Sie sind fröhlich, trotz allem. Oder ist es ein Verzweiflungslachen? Darf man sie überhaupt noch Schwarze nennen? Margot bekommt manchmal nicht mehr mit, was politisch korrekt ist und was nicht. Sie stammt aus einer Zeit, als man noch Neger sagen durfte. Nur *Nigger* war verpönt. Sie findet es unsinnig, dauernd neue Bezeichnungen zu erfinden. Als ob man die Wirklichkeit dadurch ändern würde. Die Männer sind ja schwarz. Besonders dieser eine, der mit dem großspurigen Gehabe. Er scheint so eine Art Anführer zu sein.

Da, endlich der Bus nach Owingen. Eine junge Frau kommt angerannt. Ihre blonden Haare wehen hinter ihr her. Sie zeigt dem Busfahrer ihr Schülerticket und nickt Margot eine Begrüßung zu. Gut erzogen, das Mädchen. Im letzten Moment entert ein Schwarzer den Bus. Es ist der mit den Anführerqualitäten. Er geht einfach am Fahrer vorbei und pflanzt sich neben das Mädchen. Braucht der kein Ticket?

Er macht eine Geste zu seinen Kumpels draußen und grinst. Vielleicht haben sie eine Wette abgeschlossen. Warum sonst setzt er sich direkt neben das blonde Mädchen?

Hinten sind jede Menge Bänke völlig frei. Nun spreizt er seine Beine bis in ihren Bereich. Das Mädchen weicht aus, wendet sich zum Fenster. Es tut so, als wären die Häuser, an denen der Bus vorbeifährt, unheimlich interessant. Währenddessen sieht der Farbige sie ununterbrochen an, knabbert geradezu mit seinem Blick an ihrem Ohrläppchen.

Der Anblick lässt Margot durch die Jahrzehnte rutschen. Sie landet in einer Jugendherberge in der Nähe von Avignon. Die Luft ist voller Lavendelduft. Sie hat Wein getrunken zum Abendessen, roten Wein. Das wäre in einer deutschen Jugendherberge nicht möglich. Dort gibt es nur die Auswahl zwischen Hagebutten- und Pfefferminztee. Aber sie ist nicht in Deutschland. Sie ist in Südfrankreich. Der Abend ist warm und dieser Franzose lässt die Augen nicht von ihr. Blaue Augen unter schwarzen Locken, eine berückende Kombination. Er fragt sie nach ihrem Namen. Sie nennt sich Margie, sie lacht und parliert in holprigem Schulfranzösisch. Sie flirtet und kennt sich selbst nicht wieder. Beim dritten Glas Wein erfährt sie, dass er Jude ist.

"Oh", sagt sie und verstummt.

Sie ist noch nie einem Juden begegnet. In Deutschland gab es keine Juden mehr, jedenfalls nicht dort, wo sie aufgewachsen ist. Sie kennt nur das plötzliche Loch in den Gesprächen, diese Verlegenheit, diese merkwürdig vermeidenden Wendungen. Alles Jüdische gehörte einem Schattenbereich an, ähnlich wie das, was sich zwischen Mann und Frau abspielt. In Margots katholischer Erziehung gab es keine Bezeichnung für das Geschlecht. Es hieß nur *da unten*. Schon der Gedanke daran war unkeusch und musste gebeichtet werden. Und den Schlüpfer - was für ein unanständiges, schlüpfriges Wort, männlich noch dazu - den durfte sie erst ausziehen, wenn das Nachthemd die Blöße schon wieder bedeckt hatte.

All das hat sie hinter sich gelassen, als sie sich für die Schauspielschule bewarb. Und nun sind sie unterwegs nach Avignon. Das Essen ist längt vorbei, sie aber ist am Tisch sitzen geblieben, gegenüber von diesem französischen Juden. Sie hat gar nicht gemerkt, dass die anderen weg sind, so intensiv sind sie im Gespräch. Das Unvereinbare, das Deutsche und das Jüdische, erhöht die Spannung zwischen ihnen. Wenn sie ihn ansieht, zieht es in ihrem Unterleib. Sein Gesicht ist weich und zugleich männlich. Sie spürt den Reiz des doppelt Verbotenen, die Verlockung gleich zweier unentdeckter Länder. Und so folgt sie ihm bereitwillig in den nächtlichen Wald, legt sich auf ein trockenes, weiches Bett aus verwitterten Kiefernadeln. Der Vollmond wirft ein schattig mäanderndes Licht. Sie glaubt sich in einem romantischen Traum. - Bis er fordernd wird, bis seine Zärtlichkeit umschlägt in blankes Verlangen. Sie will seine Hand nicht in ihrem Schlüpfer. Das ist ihr zu viel, zu schnell. Sie wehrt sich. Aber er lacht sie aus, meint, sie benehme sich, als sei sie noch Jungfrau. Da schämt sie sich, dass sie eine ist, wird willenlos. Er dreht sich über ihr, seine Füße landen hinter ihrem Kopf. Er drängt ihr sein Glied in den Mund. Sie ist so überrascht, dass es eine Weile dauert, bis sich ihr Widerstand formt und sie fliehen kann, verfolgt von höhnisch gekränkten Bemerkungen.

Den Rest der Nacht liegt sie mit offenen Augen im Schlafsaal. Sie hört ihr Blut rauschen. Sehnsucht kämpft mit Ekel. Das Gefühl, entronnen zu sein, mit Scham. Mit der Scham, dass sie sich nicht rascher gewehrt hat. Aber auch mit der Scham, dass sie sich wie ein dummes kleines Mädchen verhalten hat. Alle anderen auf der Schauspielschule sind längst entjungfert. Denen fällt es leichter als ihr, aus dem Bauch heraus zu spielen, so wie es verlangt wird. Nun hätte sie die Gelegenheit gehabt aufzuholen. Aber sie hat die Gelegenheit nicht ergriffen. Sie ist geflohen. Sie kommt sich vor wie eine Versagerin. Und ihr ist übel, kotzübel. Der Schlafsaal schwankt unter ihr. Der Weg zu den Waschräumen ist weit. In Gedanken rennt sie die Gänge entlang, erreicht das Waschbecken, zögert, sich zu übergeben, hat Angst, dass das Becken verstopfen würde. Sie müsste weiterrennen bis zu dieser schrecklichen Toilette mit dem Loch im Boden...

Nein, besser liegen bleiben. Besser stillhalten und die Kotze wieder herunterschlucken, so wie das, was sie auch nicht schlucken wollte, aber schon geschluckt hat.

Nach dem Frühstück ging es in den Bus. Sie sind weiterge-
fahren, nach Avignon, zu den Theaterfestspielen. Ihren Juden hat sie nicht wiedergesehen. Seit Jahrzehnten hat sie
nicht mehr an ihn gedacht. Warum jetzt?

Es ist friedlich geworden im Bus. Das Mädchen guckt auf
sein Handy. Der Schwarze hat seine Beine wieder eingezogen. Nur sein wippender Fuß zeigt an, dass es in ihm bro-
delt.

Damals konnte sie mit niemandem reden über das, was ihr
passiert war. Nicht einmal mit Heiner, der ihr anvertraut
hatte, dass er einen älteren Freund hatte, einen gebildeten
eleganten Mann, einen, der das KZ überlebt hatte. Homose-
xualität war damals noch strafbar. Aber auf der Schauspielschule sah man das großzügig. Über prominente Schauspieler pflegte sogar Margots Vater zu scherzen: *Hoppe Hoppe
Gründgens, wo bleiben eure Kindgens?* Dann lachte er mit einem
anzüglichen Unterton und fügte hinzu: *quod licet Jovi non licet
bovi. Was der Jupiter darf, ist dem Ochsen noch lange nicht erlaubt,*
übersetzte er für die kleine Margot. Sie begriff nicht wirklich, wovon die Rede war, aber sie verstand: Wenn man berühmt ist, gelten andere Gesetze.

Doch sie waren nicht berühmt, weder sie noch Heiner. Sie
waren jung, und so verhedderten sich in einem Zwischenreich. Vielleicht war es die historische Schuld, die sie wehr-
los machte, die dafür sorgte, dass sie sich in einem Wirrwarr

verfingen, in einem Gefühlsdurcheinander aus Bewunderung, Wiedergutmachung, Neugier und körperlicher Anziehung.

Margot wurde damals auf eine diffuse Weise krank. Schwindel wurde zu ihrem ständigen Begleiter. Und Heiner erschien eines Tages nicht zum Unterricht. Er habe versucht sich umzubringen, wurde gemunkelt.

Sie besuchte ihn im Krankenhaus, aber sie fragte ihn nicht, was vorgefallen war. Sie war das Kind einer Generation, die versucht hatte, Dinge durch Schweigen zum Verschwinden zu bringen. Doch die Dinge gingen nicht weg, sie wurden nur verbannt, und das hatte Nebenwirkungen. Das Unausgesprochene kontaminierte ihre Freundschaft, wie Schimmel ein Glas Marmelade.

"Dein Name?"

Die Frage holt Margot zurück in die Gegenwart. Der Schwarze ist an den Rand seines Sitzes gerutscht.

"Wie heißt du?" wiederholt er.

Die junge Frau presst ihre Lippen aufeinander. Margot beobachtet, dass sie schluckt. Ein kleines goldenes Kreuz vibriert an ihrem Hals.

"Dein Name?" insistiert der Schwarze.

"Eva", antwortet sie nun gepresst.

"Schön! - Eva."

Das Mädchen presst die Lippen aufeinander.

Er setzt nach, fragt, wo sie wohnt.

Das geht zu weit, denkt Margot, ich muss einschreiten. Aber wie? Was könnte sie sagen? Es ist ja nichts vorgefallen, nicht wirklich.

Sie hat kein Recht, sich hier aufzuspielen. Sie, die eine warme Wohnung hat, sie, der es gut geht, sie, die keine Ahnung hat von dem, was in dem armen Kerl da vor sich geht. Gut, seine Fragen sind ein bisschen plump, aber das kann an seinen mangelnden Deutschkenntnissen liegen.

Und das Mädchen? Es fühlt sich bedrängt, soviel ist klar. Margot sieht den Schwarzen an, dann das Mädchen. Sie scheut eine direkte Konfrontation. Aber sie will etwas tun. So wendet sie sich an die junge Frau.

"Wie geht es Ihnen damit?" fragt sie.

"Womit?"

"Mit der Fragerei."

Der Schwarze wirft Margot einen hochmütigen Blick zu, ändert seine Sitzposition. Er wirft sich scheinbar lässig gegen die Lehne und überkreuzt seine Beine

"Schon ok", sagt das Mädchen und zuckt mit den Schultern.

Ein lastendes Schweigen legt sich über die Drei. Margot ist froh, dass sie an der nächsten Haltestelle aussteigen muss. Gleichzeitig fragt sie sich, ob sie das Mädchen mit dem Afrikaner allein lassen kann. Genau, das ist die korrekte Bezeichnung: Afrikaner. - Oder? Was, wenn er gar nicht aus Afrika kommt? Blödsinn, alles Blödsinn! Sie sollte sich raushalten, aus allem.

Sie steht auf und drückt den Halteknopf. Die Tür öffnet sich mit einem Zischen. Sie konzentriert sich auf die Stufen. So bekommt sie nicht mit, dass der Schwarze aufsteht. Erst als er sie überholt, nimmt sie ihn wahr. Er verschwindet um die nächste Straßenecke, ganz so, als sei das schon immer sein Ziel gewesen.

Margot muss sich festhalten am Gartenzaun. Ein Schwindelanfall. Als sie aufsieht, fährt der Bus an. Das Mädchen lächelt ihr zu, hebt die Hand zu einem angedeuteten Gruß.

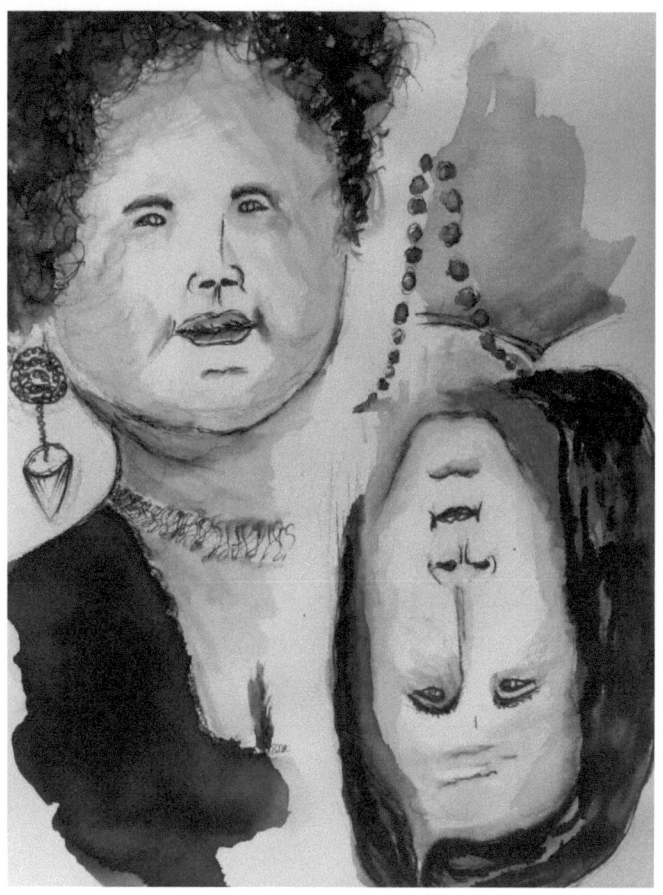

Spiegelverkehrt

Utes grau meliertes Haar geht über in das grau-beige ihrer Kleidung. Sie trägt ihre Röcke bis übers Knie, dazu fuß-freundliche Versandhausschuhe, wie sie in der Fernsehbeila-ge der Tageszeitung angepriesen werden. Für die Wohnungseinweihung von Gabi hat sie ihr Outfit mit der Perlenkette ihrer Mutter komplettiert.

Stimmengewirr empfängt sie. Die Wohnungstür steht weit offen. Eine Frau in Pluderhosen schwenkt eine Räucherpfanne. Ute überprüft das Namensschild. Tatsächlich, an der Tür steht der Name der Freundin. Seit sie ihren Ehemann verlassen hat, umgibt sie sich mit sonderbaren Menschen.

"Huhuuuu!" tönt es von der Straße herauf.

"Isolde!"

Gabi eilt an Ute vorbei, ohne sie wahrzunehmen.

"Hie-ier", ruft sie nach unten. Man hört Schnaufen und schwere Tritte. Das ist die Gelegenheit für Ute, sich bemerkbar zu machen.

"Oh!" sagt Gabi, "bist du schon lange hier? Ich hab dich gar nicht gesehen. Blumen! Das ist ja nett, danke. Bist du so lieb, und stellst sie schon mal ins Wasser?"

Sie späht an Ute vorbei ins Treppenhaus.

"Wenn du geradeaus durchgehst, kommst du in die Küche. Ist ganz leicht zu finden."

Während Ute noch überlegt, ob diese Ansage eine Zumutung ist, oder ein Zeichen von Vertrautheit, ruft eine voluminöse Stimme:

"Musst du so hoch wohnen, und das ohne Aufzug!"

Eine imposante Figur wird sichtbar, in wallende Gewänder gehüllt. Sie könnte eine Wagnerarie anstimmen. Doch sie belässt es bei einem Koloraturlachen.

Utes Blick fällt auf ihr Blumenmitbringsel. Eine Rose lässt bereits den Kopf hängen. Vielleicht sollte sie den Strauß tatsächlich wässern. Aber der Weg nach innen ist blockiert. Viele scheinen diese Isolde begrüßen zu wollen, die nun, kaum, dass sie die letzte Stufe erklommen hat, beginnt, ihr Publikum zu unterhalten.

"Kinders, ihr glaubt es nicht! Ich habe soeben einen mir völlig unbekannten Mann umarmt!"

Ungläubiges Staunen belohnt sie und stachelt sie an.

"Ihr kennt ja das Problem mit meiner Hüfte. Also, ich und öffentliche Verkehrsmittel, nun gut, Schwamm drüber, was soll man machen. Also, beim Aussteigen lässt mich doch tatsächlich meine Hüfte im Stich. Ich drohe zu fallen - und dann! Dann war da dieser schwarze Ritter. Er fing mich auf."

"Wieso schwarz?" - "Hatte er dunkle Haare?" – "Wie alt?"

Die Fragen überschlagen sich.

"Ein Mohr würde ich sagen, wenn man das noch sagen dürfte!" verkündet Isolde. "Ein Ritter aus dem Morgenland, ebenholzfarben und muskelbepackt! Ich sage euch, ein Traum von einem Mann!"

Sie eröffnet das Lachen, und es pflanzt sich fort. Eine große Fröhlichkeit umfängt alle. Arme strecken sich dem von roten Rüschen und lila Bändern umspielten Körper entgegen, ziehen Isolde in die Wohnung und schieben sie zum größten Sessel.

Sie lässt sich hineinfallen und zieht ihr Resumée.

"Eine wunderbare Erfahrung."

Ute betrachtet kritisch den hellgrauen Haaransatz der Diva, gekrönt von einer orangefarbenen Lockenpracht. Was für ein Mut so herumzulaufen, denkt sie missbilligend. Auch an Hofschranzen fehlt es dieser selbst ernannten Königin nicht. Schon wird ihr ein Glas Wasser gereicht. Wasser. Das erinnert sie an die Blumen. Wo ist die Küche?

Ute findet eine Vase, dreht den Wasserhahn auf und beobachtet von weitem, wie Isolde sich mit ihrem pinkfarbenen Kragen Luft zufächelt. Wie die Kragenechse neulich, denkt Ute, in der Naturdokumentation. Die Echse konnte sich überraschend schnell bewegen. Das kann diese hüftgeschädigte Frau definitiv nicht.

Jetzt ist das Wasser übergelaufen. Ärgerlich. Ute muss den Boden aufwischen, als wäre sie hier die Dienstmagd! Andererseits kann sie es nicht verantworten, dass wegen ihr jemand ausrutscht. Sie feuert den Lappen in die Spüle, nimmt sich einen Prosecco vom Tablett und sucht sich ein ruhiges Eckchen.

Nach dem dritten Schluck ebbt ihr Ärger ab. Sie verfolgt das Gespräch zweier Frauen neben sich und entnimmt ihm, dass Isolde nicht nur schillernde Auftritte beherrscht, sondern auch Umgang mit Verstorbenen pflegt. Verwundert hört Ute, dass die Frauen sich von ihr haben *befreien* lassen.

Welcher Art die Befreiung war, bleibt unklar. Ute nimmt sich vor, Gabi danach zu fragen, nächste Woche im Marktcafé, wo sie sich nach den Einkäufen zu treffen pflegen.

Doch Gabi ziert sich, über Isolde zu reden. Sie antwortet ausweichend. Erst als Ute sagt, sie würde sich Sorgen machen über ihre unerklärliche Mattigkeit, und sie hätte mitbekommen, dass diese Isolde möglicherweise... Da senkt Gabi ihre Stimme und vertraut sich ihr an:

"Seit ich diese Frau konsultiere, bin ich ein neuer Mensch geworden."

Ihre Stimme senkt sich abermals, wird zu einem Flüstern:

"Sie ist Spezialistin für verstorbene Seelen. Für Seelen, die sich an Lebende klammern."

"Wie geht das denn?" flüstert Ute zurück.

"Isolde kann sehen... Also bei mir hat sie..."

"Ja?" Ute hängt gebannt an den Lippen der Freundin.

Doch Gabi steht auf.

"Ich habe schon zuviel gesagt. Man soll das nicht zerreden. Außerdem muss ich weg. Tut mir leid."

Sie nestelt in ihrer Handtasche, fördert ihr Portemonnaie zu Tage, legt einen Fünfer unter die Kaffeetasse und reicht Ute eine Visitenkarte.

"Ruf sie an, wenn du willst."

Ute sieht ihr nach, bis sie aus der Tür ist. Dann betrachtet sie die Karte in ihrer Hand. Ein Regenbogen schmückt die

Vorderseite. Auf der Rückseite ist zu lesen: Isolde Kurtz, Medium, und eine Telefonnummer. Nicht sehr aussagekräftig. Was hat Gabi noch gesagt? Irgendetwas von Verstorbenen, die sich an die Lebenden klammern. Sie schüttelt den Kopf. Das hört sich nach Vampiren an.

Allerdings kann man sich fragen, woher solche Legenden kommen. Offenbar hatten die Menschen schon immer irgendwelche Vorstellungen von verstorbenen Seelen, welche die Lebenden befallen und aussaugen. Ute lacht unwillkürlich auf. Sie blickt sich verlegen um.

Zum Glück sind die anderen Gäste mit sich selber beschäftigt. Sie macht dem Kellner ein Zeichen, dass sie zahlen will, und wirft die Visitenkarte auf den Tisch. Der Regenbogen leuchtet sie an. Vielleicht keine so gute Idee, die Karte hier liegen zu lassen. Was, wenn der Kellner sie liest? Besser sie steckt das Ding ein.

Zwei Wochen später fühlt sie sich krank. Sie wacht antriebslos auf und beschließt weiterzuschlafen. Als sie gegen Mittag ein zweites Mal die Augen aufschlägt, ist der Himmel immer noch grau. Sie schleppt sich ins Bad. Angesichts der Schatten unter ihren Augen muss sie an Geister denken, an Geister, welche angeblich den Lebenden ihre Kräfte rauben. Ob sie befallen ist? Unmöglich ist es nicht. Schon der alte Goethe wusste, dass es mehr Dinge gibt zwischen Himmel und Erde... Eine milde Neugier keimt auf. Was soll schon passieren? Schaden kann es nicht, aber vielleicht hilft es.

Wo hat sie die Karte nur hingelegt? Im Portemonnaie ist sie nicht mehr. Hektisch durchsucht sie den Briefstapel auf ihrem Sekretär, nichts. Sie öffnet das Kästchen, in dem sie alle Visitenkarten aufbewahrt. Zuoberst liegen ältere Karten. Sie kramt trotzdem weiter und findet das Regenbogendesign. Sie hat die Visitenkarte unter die anderen gemogelt, sozusagen vor sich selber versteckt. Nun ruft sie die Nummer an, bevor sich neue Zweifel melden können. Isolde hebt ab. Sie hört Utes Stottern einfühlsam zu, nennt ihr ein Honorar und einen Termin. Ute akzeptiert beides. Danach kocht sie sich ein Ei und frühstückt üppig.

Es ist ein ganz normales Haus, in dem Isolde wohnt. Trotzdem sieht Ute sich verstohlen um. Es muss ja nicht jeder wissen, dass sie zu so einer geht. Vor lauter Aufregung juckt ihr der Hals.

"Zweiter Stock bitte." Der Türsummer geht.

Oben angekommen schlüpft sie in die Wohnung und befindet sich in einem Wunderreich. Eine Fülle von Kissen, Spiegeln, Kerzen, esoterischen Flacons und Schmucksteinen umgeben die Hausherrin, welche selber das zentrale Ausstellungsstück ist. Sie trägt Seidenmantel und Turban. Es duftet nach Rosen.

Ute fühlt sich fremd und doch sonderbar leicht. Es ist, als würden sich bereits jetzt gewisse Schatten von ihr lösen. Sie nippt an dem bereit gestellten Tee, und lässt die einstimmenden Worte der Gastgeberin an sich vorüberrauschen. Von einem Seelengefährten ist die Rede, von der anderen Welt und von einem Zwischenreich, in welchem bedauernswerte Verstorbene gefangen sind. Aus irgendeinem Grunde können sie den Ausgang nicht finden. Isolde ist es gegeben, diesen armen Seelen zu helfen, und damit auch den Lebenden.

Ute verschluckt sich vor Aufregung und wird von einer tätschelnden Hand beruhigt. Ihre Aufregung sei normal. Schließlich sei das alles sehr ungewohnt. Ute müsse sich keine Sorgen machen.

"Ich darf doch Ute sagen?" fragt Isolde und wartet keine Antwort ab.

"Sie können jetzt die Augen schließen, und sich einfach entspannen."

Ute versucht es. Aber es ist nicht so einfach.

Als es still wird, blinzelt sie neugierig zwischen ihren Augenlidern hindurch. Sie sieht, wie Isolde mehrfach mit den Armen in die Luft greift und von dort etwas Unsichtbares auf ihren Busen herunterholt. Ute hat das Gefühl, etwas Verbotenes zu sehen. Rasch schließt sie ihre Augen wieder. Rosenduft umnebelt ihre Sinne und eine angenehme Stimmung bemächtigt sich ihrer. Sie lässt sich in die Passivität fallen. Schließlich zahlt sie für die Stunde, da kann sie genauso gut geschehen lassen, was geschieht. Sie driftet ab in ihren Lieblingstagtraum, es plätschert am Seeufer...

Beinahe fühlt sie sich gestört, als sie nun Isoldes Stimme vernimmt, die ihr mitteilt, dass sie etwas in ihrer Aura sehe, etwas Dunkles, das dort nicht hingehöre, ein Wesen, das sich festgekrallt habe, ein... ein männliches Wesen...

"Wie alt bist du?" fragt zitternd die sonst so kräftige Stimme von Isolde.

Ute will schon antworten, als ihr klar wird, dass nicht sie gemeint ist, sondern der Verstorbene.

Offenbar fällt die Antwort aus dem Jenseits undeutlich aus.

Denn nun möchte Isolde die Mitarbeit von Ute. Sie soll ihr helfen, herauszufinden, um welche arme Seele es sich handelt. Dazu soll sie ein paar Fragen beantworten.

"Wie ist dein Vater gestorben?"

"Mein Vater?" fragt Ute überrascht zurück. "Im Bett, ganz normal. Ich habe ihn begleitet, bis zuletzt."

"Ja..." schwebt Isoldes Stimme durch den Raum. Sie ist dünn und hoch, wie die einer anderen Person.

"Es war ein friedlicher Tod" setzt Ute leicht feindselig hinzu. Sie hat keine Lust, mit dieser Frau über ihren Vater zu sprechen.

"Ja, das kann ich spüren" behauptet Isolde daraufhin.

"Nein, nein, der Vater ist es nicht. Aber vielleicht... Gibt es einen verstorbenen Bruder?"

Sie machte eine erwartungsvolle Pause. Doch es kommt keine Reaktion.

"Einen Onkel...?"

Ute wird von einem kalten Schauer erfasst. Sie schluckt.

"Ja...", sagt Isolde, "der Onkel... Ich sehe einen Unfall, einen plötzlichen Tod, viel zu früh...".

Ute reibt sich den juckenden Hals und fragt sich, wie es sein kann, dass Isolde von ihrem Onkel weiß, vom Lieblingsbruder ihrer Mutter. Und das, wo sie selbst kaum etwas weiß über ihn. Sie war ja noch klein. Niemand in der Familie hat je mit ihr über den Autounfall gesprochen. Trotzdem weiß sie - woher auch immer -, dass es keine Bremsspuren gegeben hat. Utes Gedanken rasen, während die schwebende Stimme nach einem Namen sucht.

"Sein Name beginnt mit einem..."

"Adi, Onkel Adi" stößt Ute hervor.

"Ja!" wird sie bestätigt. "Adi. - Er ist es. Und ich fühle es, er ist bereit. Er möchte erlöst werden. Er ist nunmehr bereit, ins Licht zu gehen, er ist bereit, das Bardo zu verlassen."

Ute hat noch nie etwas von einem Bardo gehört, aber sie reimt sich zusammen, dass es eine Art Zwischenreich sein muss. Atemlos hört sie zu, wie Isolde mit dem verstorbenen Onkel redet. Sie fragt ihn, ob er bereit sei, sein irdisches Leben hinter sich zu lassen und den Weg ins Licht anzutreten. Offenbar erhält sie ein Ja. Denn nun beginnt ein dünner Singsang, eine Art Litanei. Das klagende Auf und Ab erinnert Ute an priesterliche Töne. Was im Einzelnen gesagt wird, kann sie sich nicht merken, nur die Worte "So sei es" prägen sich ihr ein. Die werden mehrfach wiederholt. Anscheinend ist es nicht einfach, der verirrten Seele den Weg zu weisen, ihr herauszuhelfen aus ihrem Zwischenreich. Doch am Ende gelingt es.

Ungläubig stellt Ute fest, dass sie zu Tränen gerührt ist. Verlegen wischt sie sich die nassen Wangen ab. Seit Jahren hat sie nicht an den Onkel gedacht. Wozu auch, sie hat ihn ja kaum gekannt. Und trotzdem heult sie jetzt? Wieso eigentlich? Sie schämt sich. Doch Tränen scheinen hier vorgesehen zu sein. Isolde schiebt ihr eine Kleenex-Box zur Selbstbedienung hin. Tränen seien gut, sagt sie. "Sie helfen dabei, Altes aus dem System herauszuschwemmen."

Ute schnäuzt sich kräftig die Nase und muss sich eingestehen, dass sie sich auf eine merkwürdige Weise erleichtert fühlt. Erstaunlicherweise hält dieser Zustand an, auch Tage später noch. Es ist, als sähe sie die Welt mit frisch gewaschenen Augen. Sie lässt sich sogar dazu hinreißen, ein farbenfrohes Blumenkleid zu kaufen.

Doch dann zieht sie es nicht an. Die alte Ute ist stärker. Oder ist der Onkel zurückgekehrt? Haben sich andere Wesenheiten in ihr festgesetzt? All dies kann geschehen. Isolde hat sie vorgewarnt.

Ute bucht eine weitere Sitzung.

Doch beim nächsten Mal zieht der Zauber nicht.

Statt sich zu entspannen, beobachtet Ute das Geschehen wie eine Theatervorstellung. Sie kann sich des Verdachts nicht erwehren, dass dieses ganze Brimborium nur dazu dient, eine Leere zu überdecken.

Und plötzlich trifft sie die Erkenntnis wie ein Schlag: Diese Isolde ist genauso unsicher wie sie selbst. Nur ihre Strategie ist eine andere! Wo sie eine Tarnkappe aufsetzt, da spielt Isolde den Paradiesvogel. Wo Ute sich unsichtbar macht, da plustert die andere sich auf, nicht nur mit exotischen Gewändern, auch mit unsichtbaren Geistern. Wo Ute die Bedeutungslosigkeit umarmt, da lädt die andere alles mit Bedeutung auf. Es sind gegensätzliche Erscheinungsformen, aber in der Tiefe sind sie sich ähnlich. Sie sind Schwestern! Schwestern mit derselben Angst, ins Nichts zu fallen.

Und wieder fühlt Ute sich erleichtert. Sie könnte lachen vor Erleichterung, aber das tut sie nicht. Stattdessen legt sie einen Hundert Euroschein unter die Kleenex-Box und dankt Isolde für ihre Bemühungen. Weitere Termine jedoch lehnt sie ab. Sie verlässt die Wohnung mit neuem Selbstbewusstsein und geht mit gefestigtem Schritt davon.

Gehen

Es ist schon wieder Herbst, als er ihr einen Spaziergang vorschlägt. Lydia hat nichts vor an diesem leeren Sonntag und sagt ja.

Dietrich hält ihr die Autotür auf. Im Allgemeinen trägt er Maßgeschneidertes, doch heute gibt er sich rustikal, kariertes Hemd mit Weste. Liegt es an den Daunen, dass er dicker aussieht als sonst? Er bemerkt ihren Blick und tätschelt seinen Bauch.

"Ja, ja ich weiß. Alles Kompensation."

Lydia ist unklar, was er kompensiert, die Geschichte mit ihr, oder die mit seiner Ehefrau?

Die erste Euphorie war kurz. Sie befeuerten ihre Lust mit Nietzsche- und Hölderlinzitaten.

Wieder ein Glück ist erlebt, warf sie ihm zu.

Und er antwortete:

Dorthin will ich - und ich traue
Mir fortan und meinem Griff.

In der Vieldeutigkeit geliehener Worte entwarfen sie Denkbarkeiten einer gemeinsamen Zukunft. Doch mit den kürzer werdenden Tagen brach der Alltag ein. Beim gemeinsamen Abwasch überfiel ihn seine eheliche Vergangenheit, dieses nie begriffene Scheitern. Angst machte sich breit. Die Angst, womöglich wieder in eine Falle zu geraten, nur anders und wer weiß, vielleicht schlimmer?

„Gehen" wurde beim Literaturforum Isny preisgekrönt

Sylvester verlebten sie gemeinsam. Noch war es keine Frage, sie wollten das neue Jahr in Zweisamkeit beginnen. Doch dann hing schwerer Nebel über der Stadt. Die Raketen verglommen in giftigem Beige. Keine Farben, nur Krach. Ein Omen? Sie lachte die Befürchtung weg, und er goss Champagner nach.

Das neue Jahr begann mit viel Arbeit. So fiel es zunächst kaum auf, dass ihre Treffen spärlicher wurden. Einmal, schon war ein kalter Frühling angebrochen, begegneten sie sich per Zufall. Da flackerte etwas auf. Die Umarmung geriet heftig. Doch ihrem Blick wich er aus. Und dann gestand er, was er seit Längerem mit sich herumtrug.
" Meine Frau hat sich wieder gemeldet."
"Und?"
Er zuckte mit den Schultern.
"Wir wollen es noch einmal miteinander versuchen."
"Ah ja."
"Also nicht gleich wieder zusammenziehen, nur..."
Er entließ den Satz ins Ungefähre und blickte Lydia an wie ein kleiner Junge, der eine Fensterscheibe eingeschmissen hat.
"Viel Glück."
Sie hob beide Hände in einer Geste, die signalisierte, dass er selber wissen müsse, was er tue. Sie drehte sich um und betrat den nächstbesten Laden. Es war ein Schuhladen. Nun

musste sie so tun, als sei sie auf der Suche nach Pumps. Dabei hatte sie nur Brot und Gemüse kaufen wollen.

Nach dieser Begegnung begrüßte er sie, wenn er in Gesellschaft war, demonstrativ von weitem. Nur wenn er sich unbeobachtet glaubte, eilte er auf sie zu, drückte ein Küsschen auf ihre Wangen und presste sie kurz an sich.

Und sie? Sie ließ es geschehen, genoss die kurze Illusion, sich ausruhen zu dürfen an seiner Brust. Doch wenn er dann sagte, wie sehr er sie vermisse und was alles er mit ihr unternehmen wolle, machte sie sich los. Er murmelte etwas von Terminen, aber er werde sich melden, bestimmt, ganz bald.

"Ja, sicher", sagte sie mit spöttisch traurigem Lächeln.

Er ergriff ihre Hand, und da fiel es ihr auf.

"Du trägst einen Ring?"

"Na ja", sagte er verlegen. "Ich hab ihn neulich wiedergefunden."

Er machte eine Geste, so als hätte das nichts zu bedeuten.

Und nun, seit langem wieder einmal, haben sie sich verabredet. Sie gehen nebeneinander her. Der Weg führt am Fluss entlang. Büsche verwehren den Blick aufs Wasser. Lydia hört ein Plätschern, das sich mit Dietrichs Gerede vermischt. Schon längst hört sie ihm nicht mehr zu.

"Und" unterbricht sie ihn, "ist es Dir gelungen, deine Ehe zu retten?"

Schweigen. Dann antwortet er ausweichend: "Ich suche jetzt ein Haus."

"Für wen? Für Dich oder für Euch beide?"

"Oh, eine, die mitdenkt", sagt er.

Lydia bückt sich nach einem Stein, wirft ihn über die Büsche in den Fluss.

Es platscht.

"Schon etwas gefunden?"

Er schüttelt den Kopf. Drei Häuser habe er besichtigt, das reiche jetzt erst einmal. Aber er habe begonnen, den Keller aufzuräumen. Er sieht sie Beifall heischend an. Doch Lydia ist an seinem Keller nicht interessiert. Er berichtet trotzdem, was er in alten Kisten gefunden hat, Leinwände aus der Zeit, als er noch malte, alte Notizen, ein angefangenes...

"Aufräumen ist immer gut", bremst sie ihn aus.

Insekten schwirren in der Sonne. Ein Bauer hat Fallobst unter den abgeernteten Hopfenstangen angehäuft. Es riecht vergoren säuerlich. Stickige Hitze statt herbstlicher Frische. Dietrich steht der Schweiß auf der Stirn. Er sieht Lydia von der Seite an und versucht, sie mit einem Überraschungscoup aus ihrer Reserve zu locken.

"Ich habe mich bei Elite-Partner angemeldet."

Es verschlägt ihr die Sprache.

"Ein Dating-Portal" erklärt er, "es war die Idee meiner Ex. Sie meint, wir würden einander vorgeschlagen werden, wegen der vielen Über-einstimmungen."

Lydia liest einen Apfel vom Boden auf, poliert ihn an ihren Jeans und beißt ab. Mit vollem Mund fragt sie:

"Und, seid ihr?"

"Was?"

"Einander vorgeschlagen worden?"

"Nein! - Aber ich bekomme viele Briefe von sehr attraktiven Frauen."

Er sieht Lydia herausfordernd an. "Sie dagegen hat fast keine Zuschriften", fügt er voller Genugtuung hinzu.

"Merkwürdige Spiele, die ihr da miteinander spielt."

Sie lassen den Dunst der Apfelkippe hinter sich und erreichen einen überschatteten Teil des Wegs. In der Sonne ist es Lydia zu heiß, im Schatten zu kalt. Sie zieht ihre Strickjacke vor der Brust zusammen, während Dietrich von einem Muster spricht, das er bei sich entdeckt habe. Er halte an Dingen fest, obwohl er wisse, dass er sie nicht mehr wolle.

Lydia grübelt, was er nicht mehr will. Seine Affäre mit ihr oder seine immer noch Ehefrau, die er Ex nennt?

Viel zu lange verteidige er Sachen, an die er nicht mehr glaube, wiederholt er.

"Und deswegen machst du jetzt wieder etwas, was du eigentlich nicht willst?"

Ihre Stimme ist kalt.

Er wischt sich mit dem Taschentuch übers Gesicht. Offenbar ist ihm sogar im Schatten heiß. Er steuert eine Bank mit Blick auf den Fluss an, starrt vor sich hin. Lydia betrachtet ihn von der Seite. Er wirkt erschöpft.

Zwei Enten treiben vorbei. Ein Blatt kreist in einem Strudel. "Die Wellen sehen aus, als versuchten sie, gegen den Strom zu schwimmen", sagt er nach einer Weile. Sie folgt seinem Blick und beobachtet nun auch das Wasser, das sich an einem Stein bricht, an immer genau derselben Stelle.

"Tatsächlich", sagt sie, "die Gischt rutscht nach hinten - scheinbar - aber in Wirklichkeit bleibt sie immer über dem schwarzen Stein."

"Es sieht so aus, als würde die Welle zurückfließen wollen."

"Aber es geht nicht zurück, nie."

"Nein."

"Wenigstens kommt so Sauerstoff ins Wasser."

"Gut für die Fische."

Loch in der Zeit

Es ist nichts Besonderes, dass Friedhelm wach wird in der
Nacht, einmal, zweimal, oder öfter, je nachdem, wie viel er

getrunken hat. Friedhelm hat gelernt, sich nichts daraus zu machen. Aber er will immer wissen, wie spät es ist. Drei Uhr zwölf steht auf dem Handy Display. Von drei bis vier, sagt man, sei die Stunde der Dämonen. Das ist dem Harndrang egal, und Friedhelm auch. Er geht im Dunkeln auf die Toilette. Er kennt jeden Zentimeter seiner kleinen Wohnung. Kein Problem, alles Routine. So jedenfalls war es bis vor kurzem. Doch nun nimmt er das Handy mit, anstatt es beiseite zu legen. Früher war er zigarettensüchtig. Seit er die App heruntergeladen hat, ist er sudokosüchtig. Er glaubt, das Spiel könne seine alternde Schrumpfhirnrinde trainieren. Er glaubt, dass er etwas Gutes für sich tut, wenn er immer neue Verbindungen zwischen den Zahlenwerten von eins bis neun austestet. Es sind nur einstellige Zahlenwerte. Das ist simpel genug, sollte man meinen, um das Wieder-Einschlafen zu fördern. Doch weit gefehlt.

In schlimmen Nächten steigert sich sein Knobeln zur Raserei. Das, weswegen er ursprünglich aufgestanden war, ist längst verrichtet. Es weht kühl von unten an sein Gesäß. Doch die Meldung des Körpers an sein Gehirn funktioniert nicht. Sein Geist ist unterwegs.

In der Welt der Zahlen spürt er weder Zeit noch Ort. Erst wenn er sich heillos verheddert hat und ihm klar wird, dass er irgendwo falsch abgebogen sein muss, erst wenn keine seiner Lösungen zur anderen passt, erst, wenn seine Schultern angesichts der Einsicht in sein Unvermögen nach unten fallen, erst da wird die Nervenbahn wieder durchgängig und meldet: Rücken heillos verkrampft. Vier Uhr elf, sagt das Display. In zwei Stunden klingelt der Wecker. Der Ärger verhilft ihm zum Absprung. Er löscht die letzte Stunde aus dem Gedächtnis seiner App, ebenso wie aus seinem Leben. Er zieht die Schlafanzughose hoch und tapert zurück unter die kalt gewordene Bettdecke.

Das Gewicht der Dinge

Bei der donnerstäglichen Bridge-Runde ist Marianne dekonzentriert. Sie passt beim Reizen nicht auf und verliert, obwohl sie ganz klar hätte gewinnen müssen. Ihre Spielpartnerin ist nicht erfreut.

"Was ist denn los mit Dir? So kenne ich Dich ja gar nicht."

"Ach!" seufzt Marianne. Sie trinkt einen Schluck Tee und setzt die Tasse sorgfältig ab. "Ich komme nicht mehr dagegen an. Das wird mir alles zu viel."

Sie starrt auf ihre penibel manikürten Fingernägel, ohne sie zu sehen. Höflich warten die Bridgepartnerinnen ab, ob sie mehr zu ihrem Problem sagen will. Marianne spürt dankbar die gesammelte Aufmerksamkeit und beschließt, den Freundinnen ihr Herz auszuschütten.

"Das Haus, der Garten, alles voll!" klagt sie. "Voll mit Zeug!"

Sie versinkt in der Vorstellung davon.

"Das raubt mir jegliche Kraft."

Die Freundinnen hatten ein existentielleres Problem erwartet und sagen erst einmal nichts. Marianne hält ihr Schweigen für Mitgefühl und beschwert sich nun lautstark. "Ich weiß nicht mehr, wohin mit dem ganzen Schrott!"

"Also Schrott hab ich bei dir noch nicht gesehen", meint Beate aufmunternd.

"Ihr habt so schöne alte Sachen", flötet Ilse.

"Genau", stimmt Lisa zu.

Doch die Beschwichtigungsversuche bewirken das Gegenteil. Nun bricht der angestaute Unmut aus Marianne heraus.

"Das hat doch alles gar keinen Wert mehr! Höchstens einen persönlichen. Und den hat es für mich schon lange nicht mehr. Das ist wie ein Gefühl von... von Verstopfung!!!"

Das unziemliche Wort schwebt in der Luft und hallt nach. Körpervorgänge werden in dieser Runde gemeinhin nicht thematisiert. Ilse sammelt schweigend die Karten des letzten Spiels ein. Beate öffnet ihre Handtasche, kontrolliert ihren Lippenstift im Spiegel. Marianne fühlt sich genötigt, ihren Ausbruch zu verteidigen.

"Wenn ich das Zeug in die Hand nehme, um es abzustauben, dann kommt die ganze Anstrengung hoch."

"Wieso Anstrengung?" fragt Beate mit leisem Unverständnis.

"Kommt Deine Putzhilfe nicht mehr?" will Lisa wissen.

Doch Marianne ist taub für derlei wohlmeinende Fragen. Sie ist gefangen in ihrem Elend.

"Ich musste ja immer arbeiten, damit wir uns das alles leisten konnten. Da legt man sich jahrzehntelang krumm, damit man all die Dinge kaufen kann. Und nun gammeln sie auf dem Dachboden und in der Garage vor sich hin." Langsam gerät sie in Fahrt. "Die Kinder wollen den Kram ja auch nicht haben. Was sollen sie damit?! Die wollen doch keinen Mercedes SL! Die wollen ein kleines, wendiges Stadtauto."

"Ja, der SL!" sagt Ilse schwärmerisch und versucht, dem

Klagelied eine neue Richtung zu geben. "Den hatten wir auch einmal, das ist ein fantastisches Auto!"

"War!" korrigiert Marianne heftig. "Es *war* ein fantastisches Auto. Aber jetzt ist es zehn Jahre her, dass Herbert den Wagen abgemeldet hat. Und seit zehn Jahren blockiert er alles. Wenn ich an die Gartengeräte will, muss ich um den SL herumtanzen. Und dann sehe ich, dass da schon wieder neue Flecken auf den Chromstangen sind!!! Erst letzte Woche hab ich das Leder bearbeiten müssen. Die alten Polster ziehen den Schimmel an, wenn man nichts dagegen tut."

Die Freundinnen wechseln Blicke. Sie verbeißen sich ein Grinsen.

"Warum verkauft ihr den Mercedes nicht?"

Marianne schnaubt nur, anstatt zu antworten.

"Es gibt bestimmt Leute, die Geld für so einen Oldtimer bezahlen", insistiert Beate. Doch solche praktischen Ratschläge sind keine Option für Marianne.

"Es würde Herbert das Herz brechen", seufzt sie. "Er ist doch ein Sammler."

"Hast du ihn denn mal gefragt?"

"Da muss ich nicht fragen. Das weiß ich auch so. Er will nicht verkaufen."

"Dann soll *er* sich doch kümmern!"

"Genau!" stimmt Ilse zu. "Lass die Karre einfach vergammeln. Du musst sie doch nicht auch noch putzen."

"Aber ich muss immer daran vorbeigehen, ich *seh* das doch!"

Für Marianne gibt es keinen Ausweg aus ihrem Jammertal. Aber das Mitgefühl der Freundinnen ist aufgebraucht.

"Wer gibt?" fragt Lisa.

"Du bist dran", sekundiert Ilse.

Und Beate schiebt ihr auffordernd die Karten zu. Folgsam beginnt Marianne zu mischen. Doch bevor sie die Karten verteilt, fügt sie noch einen letzten Satz an, kleinlaut, mit einer Stimme, in der die ganze Aussichtslosigkeit ihrer Lage gebündelt ist.

"Ich möchte das Auto einfach weg haben, diesen ganzen Ballast."

Sie schaut hilfesuchend aus dem Fenster. Doch auch in der Baumkrone wohnt keine gute Fee, sondern nur eine spöttische Amsel.

Ella und der Regen

Ella blickt aus dem Fenster ihres Hotelzimmers in den Regen und beginnt, mangels anderer Ansprechpartner, mit sich selber zu reden.

-Tja Ella. So hast Du dir deinen Urlaub nicht vorgestellt.

-Stimmt.

-Ausgerechnet wenn du verreist, setzt sich ein Tief auf den Balearen fest.

-Dabei wollte ich raus aus dem Grau. Ich wollte Sonne, Leichtigkeit, Freiheit, last minute und alles inklusive. Typisch.

-Wieso typisch?

-Immer passiert mir sowas. Das ist ungerecht.

-Jetzt suhl dich mal nicht in deinem Selbstmitleid.

Doch Ella lässt sich nicht aus dem Kurs bringen.

-Und dann sitze ich auch noch in einem Zimmer mit Blick auf die Brandmauer.

-Klar, wenn du zu geizig bist für die bessere Kategorie.

-Ich hab doch nicht damit gerechnet, dass ich hier drin sitze. Ich wollte am Strand liegen.

Ella stöhnt und lässt den Kopf hängen.

-Immer passiert mir sowas.

-Wieso immer?

Ella streckt ihrem Alter Ego die Zunge raus.

-Denk doch mal an die guten Sachen, die dir passieren.

Aber dazu hat Ella keine Lust. Sie will einfach woanders sein.

Jetzt streiten sich zwei Kinder auf dem Gang. Vor lauter Langeweile boxen sie sich. Ella hört ein protestierendes Aua, ein Zurückschlagen und Wegrennen, ein Poltern auf der Treppe, ein Türenklappen, und dann wieder nichts. Nur eintöniges Regenrauschen, unaufhaltsam.

-Wieso glaubst du, dass das typisch für dich ist?

Ella starrt bockig in den Regen.

Also: Was will deine Situation dir sagen?

-Nichts!

-Nichts. - Das ist schon mal ein guter Anfang.

-Wieso das denn!?

-Sieh es mal so: Du musst nichts tun. Du kannst einfach hier sitzen und in die fallenden Tropfen schauen.

-Das ist aber genau das, was ich nicht will.

-Manchmal weiß man nicht so genau, was man will.

-Klugscheißer!

-Stell dir vor, du hättest einen Meditationsworkshop gebucht.

-Hab ich aber nicht.

-Aber wenn, dann hättest du Geld gespart.

-Hm.

-Und von dem gesparten Geld könntest du dir ein schönes Essen leisten.

-Mit Fleisch?

-Wenn du unbedingt willst.

Nun laufen Ellas Gedanken nicht mehr gegen den Regenvorhang, sondern durch Inselstraßen. Am Ankunftstag war das Wetter noch schön. Im sinkenden Licht hat sie einen ersten Spaziergang gemacht und verschiedene Restaurants inspiziert. Sie erinnert sich an eine Speisekarte, auf der ein *plato* von *cerdos truferos* angepriesen wurde. Nun läuft ihr das Wasser im Mund zusammen. Sie stellt sich frei laufende Trüffelschweine vor, Schweine, die ein gutes Leben hatten... Ella sieht auf die Uhr. Definitiv zu früh fürs Abendessen. Aber wenigstens hat das Leben wieder Möglichkeiten. Versöhnt lehnt sie sich zurück. Mit einem Mal gewinnt die feuchte Schwere etwas Verführerisches. Sie lässt sich von ihr mitziehen und durchspülen. Alles Müssen, Sollen, Wollen verschwindet in den Tropfen, verschmilzt mit der hässlichen Hauswand gegenüber. Der Putz ist gerissen. Er zeigt Verästelungen, Ausblühungen wie geblähte Blätter, Schattierungen von Grün und Schwarz. Eigentlich ganz schön. Ein Dokumentarfilm fällt ihr ein, einer, den sie vor langer Zeit in einem Museum gesehen hat. Die Kamera fuhr endlos über so eine Wand. Das lief unter Kunst. Ella muss kichern. Hier bekommt sie das hier gratis, ganz ohne Eintrittsgeld.

-Ich sehe eine verrottete Wand, und schon habe ich Kunst. Wenn ich nicht aufpasse, werde ich noch zur Lebenskünstlerin.

Sie lacht laut auf.

-Ich bin ein Glückspilz!

-Wieso das denn jetzt?

-Weil mir das Haus nicht gehört!

-Welches Haus?

- Na das mit der kaputten Wand!

-Und wieso bist du ein Glückspilz?

-Weil ich nicht verantwortlich bin für das Haus. Ich muss es nicht reparieren. Der Schimmel ärgert mich nicht. Ich kann die Schönheit im Verfall sehen. Was für ein Glück, dass ich arm bin!

Ella lacht haltlos, wie ein alberner Teenager, bis sie außer Atem ist. Dann lässt sie sich erschöpft aufs Bett fallen, atmet aus, und sehr lange nicht mehr ein.

-Hallo!

Keine Antwort.

-Willst du jetzt etwa sterben?

-Vielleicht.

-Vergiss es. Das geht so nicht.

-ok.

Ella atmet wieder ein. Und dann lässt sie den Atem machen, was er will.

Er will gerade nicht viel, ist eher flach. Er duckt sich weg, bis Ella ihn vergisst. Die Augen fallen ihr zu. Als sie wieder zu sich kommt, fühlt sie sich erfrischt. Sie ist wieder eins mit sich, springt auf, zieht sich den Mantel über, drückt ihre Kappe aufs Haar und ist bereit für einen Regenspaziergang am Meer.

Rosa Ballerinas

Thomas hievt den Bierkasten in den Kofferraum und sieht einen Schuh. Einen einzelnen Schuh! Schmutzig und platt ragt er unter dem Hinterreifen hervor. Ein rosa Schuh! Eindeutig weiblich. Heftpflaster guckt seitlich heraus. Das Reifenmuster verbindet Pflaster und Schuh. Wahrscheinlich ist er beim Einparken drübergefahren ohne es zu merken. Thomas bückt sich. Neu ist der Schuh nicht. Der hat schon mehr als einen Sommer gesehen. Der Rand ist mit einer durchlöcherten Kante verziert.

Es hupt. Thomas richtet sich betont langsam auf, macht ein Ist-ja-schon-gut-Zeichen und geht beiseite. Eilig prescht es an ihm vorbei in die Parklücke. Thomas geht zur Fahrerseite, tritt beinahe auf eine Blume. Unglaublich. Ein Krumen Erde zwischen zwei Pflastersteinen und schon blüht es, blau! Mitten auf dem Parkplatz vom Supermarkt. Der Stängel ist zäh, leistet Widerstand. Es war die Lieblingsblume seiner Oma. Genügsam wie sie, wuchs sie einfach so am Wegrand - Wegwarte, genau, so heißt sie. Endlich hat er den Stängel durch. Er wirft den Stiel mit drei blauen Sternen aufs Armaturenbrett. Da werden sie vertrocknen. Immer noch besser als platt gefahren. Schade eigentlich, dass es keine Autovasen mehr gibt. Seine Großeltern hatten noch so ein Ding aus Porzellan, abnehmbar. Bei Ausflügen kletterte er in den Bach, Wasser einfüllen, dann kamen Wiesenblumen hinein.

Das Radioprogramm passt dazu. Wunschkonzert, Nussknackersuite! Um Gottes willen. Aber Verkehrsfunk will er jetzt auch nicht. Den Weg zurück an den See kennt er auswendig, einen anderen gibt es eh nicht. Auch im nächsten Sender nur Gequatsche. Heute ist alles gegen ihn, schon am Morgen die Dusche kalt, dann der Streit mit Sylvie, und natürlich hat er beim Knobeln verloren, als es darum ging, wer den Biernachschub holt. Schon wieder eine rote Ampel! Und jetzt verfolgt ihn auch noch das Bild von diesem Schuh. Diese flachen Schuhe haben einen Namen, irgendwas Fremdländisches, irgendetwas mit Tanzen, so ähnlich wie Tarantella. Er kommt nicht drauf. Muss er ja auch nicht.

Was geht ihn dieser bescheuerte Schuh an! Hat er nichts Besseres, worüber er nachdenken kann?

Die Freunde empfangen den Nachschub mit Gejohle. Bierflaschen ploppen auf. Rülpser, Lachen. Seit Jahren dieselbe Clique. Seit Jahren dieselben Sprüche. Meist ist er mittendrin, aber heute nervt es ihn. Die letzte Wurst auf dem Grill ist verkohlt. Thomas schmeißt sie in die Flamme. Da blitzt es rosa auf. Nicht schon wieder dieser Scheißschuh! Warum verfolgt der ihn? Er geht ein paar Schritte, setzt sich auf einen Baumstumpf. Leise schlappt das Wasser zwischen den Kieseln am Ufer. Ein paar Vögel streiten, statt zu schlafen.

Es war ein einzelner Schuh.

Thomas hat sogar unters Auto geguckt. Weit und breit kein Gegenstück. Vielleicht hat die Besitzerin den Schuh geworfen, im Scherz. Und dann?

"Hallo, Erde an Thomas!"

Sylvie wischt mit ihrer Hand vor seinen Augen herum, stößt auffordernd mit ihrer Bierflasche an seine. Und schon wieder schiebt sich so ein sekundenschnelles Bild dazwischen: Zwei Sohlen, die aneinander klatschen.

"Weißt Du, wie diese flachen Frauenschuhe heißen, die ohne Absatz?"

"Meinst du Ballerinas?"

"Ja genau."

"Warum willst Du das wissen?

"Nur so."

"Ah."

Sie sieht zum Mond, der hinter einer Wolke verschwindet und wartet auf eine weitergehende Erklärung. Doch Thomas ist ins Grübeln versunken.

Wieso liegt ein einzelner Ballerina auf dem Parkplatz?

Oder heißt es die Ballerina? Egal, die Dinger gibt es sowieso nur in der Mehrzahl, Ballerinas.

"Die anderen wollen noch ins Paradiso. Kommst du mit?"

"Ich muss früh raus."

Sylvie streicht Thomas von hinten durchs Haar, obwohl sie weiß, dass er das nicht mag.

"Einer muss das Feuer bewachen", sagt er und schüttelt sie ab.

"Na dann, tschüss."

"Tschüss."

Er sieht ihr nach. Wenn etwas, das als Paar gedacht ist, auf einmal vereinzelt auftaucht, dann stimmt etwas nicht. Dann ist irgendetwas ganz und gar nicht in Ordnung.

Allgemeiner Aufbruch. Er schlendert zum Feuer. Ein herzhafter Abschiedsschlag auf seiner Schulter.

"Lass dich nicht klauen, gleich ist Geisterstunde."

Gelächter. Er winkt den anderen hinterher.

Das Lachen entfernt sich.

Vielleicht hat die Frau den Schuh verloren. Unsinn. Das merkt man doch, wenn man einen Schuh verliert. Niemand geht freiwillig weiter mit nur einem Schuh. Wahrscheinlich war die Schuhträgerin jung. Ältere Frauen tragen keine Ballerinas. Ja, bestimmt war sie jung.

Wieso *war*?

Warum denkt er in der Vergangenheitsform? Sie muss ja nicht gleich tot sein. Vielleicht hat sie den Schuh absichtlich zurückgelassen, als Zeichen, als Hinweis. Seine Hand fährt über den Holzklotz, auf dem er sitzt. Die Rinde ist glatt, seidig, wie langes Mädchenhaar. Plötzlich ein Knall.

Das Holzscheit ist geborsten. Flammen züngeln. Ein Bein ragt aus dem Kofferraum. Das Bein zappelt, der Schuh fällt ab, das Bein wird grob zurecht gestukt, der Deckel zugeknallt.

Zu viele Krimis geguckt, weist Thomas sich selber zurecht, und zieht das Holz auseinander. Die Flamme wird klein, versinkt in der Glut, rot zwischen weißer Asche und verkohltem Holz.

Der Schuh war abgetragen, und ziemlich groß. Wann sind Mädchenfüße ausgewachsen? Die Geburtstagstorte trägt eine Zuckerguss-Neun, und seine Schwester tanzt mit rosa Ballerinas durchs Zimmer. Heilige Scheiße, wo kommt das denn jetzt her?

Er hatte seine große Schwester vergöttert. Aber auf einmal war er abgemeldet. Sie kannte nichts mehr als ihr blödes Ballett. Er war klein, aber schlau. Er dachte, mit einem Schuh kann man nicht tanzen, und wenn Bettina nicht mehr tanzen kann, dann hat sie wieder Zeit für ihn. Also versteckte er einen Schuh, am Schuppen hinter der Regentonne. Er entfernte sich rückwärts vom Schauplatz seines Verbrechens und bald sah er nur noch tiefes Gras und blaue Blütenköpfe, die im Wind schaukelten, vor sonnenbleichem Holz.

Aber seine Rechnung ging nicht auf. Bettina wurde ausgeschimpft, weil sie nicht aufgepasst hatte auf ihre Sachen. Sie war nur noch grantig, weil sie nicht mehr tanzen konnte und gespielt hat sie auch nicht mehr mit ihm.

Erst im Herbst wurde der Schuh gefunden. Erst als die Blumen vergangen waren, tauchte er wieder auf, dreckig und ramponiert. Alle Wetter waren über ihn hinweg gegangen. Die Prügel, die Thomas bekam, waren nicht so schlimm wie Bettinas Schweigen. Eine Woche lang hat sie nicht mit ihm gesprochen.

Das Bier schmeckt schal. Er gießt es über die Asche. Das zischt und flackert kurz auf. Damals waren fünf Tage eine Ewigkeit. Und heute? Wann hat er das letzte Mal mit Bettina gesprochen? Sind es fünf Wochen? Eher fünf Monate. Er zieht das Handy aus der Tasche, tippt ihren Namen ein.

"Ja!?"

Bettina wirkt aufgescheucht.

"Hei, ich bins."

"Thomas?! - Ist was passiert?"

"Nee, wieso?"

"Bist du bescheuert, mich so zu erschrecken!?"

"Ich lieb dich auch."

Schweigen. Das kann sie gut. Konnte sie schon immer gut.

Er hätte auf die Uhr gucken sollen. Er weiß doch, dass sie um sechs Uhr raus muss und immer früh ins Bett geht.

"Tschuldige, ich meld mich die Tage nochmal."

"Ne, schon gut, jetzt bin ich eh wach.- Geht's dir gut?"

"Hm. - Ich muss Samstag nach Stuttgart, und ich dachte, ehm..."

"Willst du mich besuchen?"

"Schlechte Idee?"

"Nee, gar nicht. Oder hast du inzwischen eine Nussallergie?"

"Sag bloß, du willst meinen Lieblingskuchen backen?"

"Mama kann es ja nicht mehr."

Die aufsteigende Rührung überrascht ihn. Er räuspert sich.

"Also bis Samstag."

"Bis Samstag."

Luise und der Fortschritt

Nun ist es also passiert, denkt Luise, als der Telefontechniker sich verabschiedet hat. Sie trampelt die leeren Verpackungen zusammen. Sie ist zwangsdigitalisiert worden. Ihr altes Telefon ist Schrott. Der Fortschritt ist unaufhaltsam und der Telekom die Instandhaltung des alten Netzes zu kostspielig. Irgendwo in der Erde haben sie die alten Kupferkabel gekappt. Luise sieht sie in Gedanken funktionslos verrotten. Obwohl, Kupfer verrottet nicht. Vielleicht wird es auch recycelt, wie dieser Verpackungsmüll. Sie reißt die Papierfetzen vom Plastik.

Jedenfalls ist ihr neues Telefon abhängig vom normalen Strom. Und wenn der ausfällt, geht gar nichts mehr.

Draußen grummelt es, in der Ferne ein Wetterleuchten. Es ist ja nicht so, als würde die Gewitterhäufigkeit mit der Erderwärmung abnehmen. Logischerweise nimmt auch die Gefahr von Stromausfällen zu. Noch soll die Feuerwehr separate Leitungen haben. Nur, dass das nichts nützt, wenn sie da nicht mehr anrufen kann, weil ihr Telefon streikt.

Ein grimmiges Lächeln huscht über Luises Gesicht.

Also zurück zu Schreien oder Trommeln. Basistechnologien können nicht abgeschafft werden. Vielleicht werden demnächst die Sturmglocken wieder modern. Allerdings gibt es kaum noch Glocken, die per Hand zum Schwingen gebracht werden. Auch die Kirchen sind vom Siegeszug der Elektrifizierung erfasst.

Luise trägt den Plastikmüll raus, presst ihn in die gelbe Tonne, und fragt sich, wie die Sirenen im Krieg funktioniert haben. Jedenfalls waren sie ziemlich zuverlässig. Aber es gibt nicht mehr viele. Neulich war Katastrophenwarntag, auf allen Ebenen, von der Sirene bis zur App. Tagelang hatten die Zeitungen vorgewarnt. Und dann am Samstag um elf Uhr, als es losgehen sollte, eine große Stille. Nichts funktionierte. Nicht einmal die Apps.

Ein Blitz. Luise zählt, um die Entfernung zu berechnen. Sie ist bei vier, als es donnert. Besser, sie geht zurück ins Haus. Das wird ein Leseabend. Bei Gewitterstörung friert das Fernsehbild ein, zeigt nur noch gerasterte Vierecke und gibt chaotische Geräusche von sich. Luise ist technisch nicht besonders auf der Höhe. Sie stellt sich dann vor, dass die Nullen und Einsen im Magnetfeld durcheinander wirbeln. Wenn es schlimm ist, fällt auch ihr digitalisiertes Radio aus. Vielleicht ist das ja die Katastrophenwarnung der Zukunft: Stille, absolute Stille.

Ein Wind fährt in die Eiche vorm Fenster. Beim letzten Sturm hat ein Ast das Dach des Nachbarn durchschlagen.

Luise beschließt, sich einen Eierlikör zu genehmigen. Nach dem zweiten Glas kichert sie vor sich hin. Fatalismus hat sich ihrer bemächtigt. Sie erkennt die ewige Gültigkeit im Zustand dieses abgeschnitten Seins, eine Geworfenheit, eine existentielle Grundbedingung des Menschseins. Es gibt nur eine Sicherheit: das Nicht Wissen. Schon Sokrates wusste, dass er nichts wusste. Getröstet schleckt Luise die letzten Reste Likör aus dem Glas, und erinnert sich an den klugen Rat, zu ändern, was zu ändern ist, und sich in das zu schicken, was sie nicht ändern kann. Sie blickt zur Zimmerdecke und bittet um die Weisheit, das eine vom anderen unterscheiden.

Als Sohn Richard sie eine Woche später besucht, ist ihre philosophische Gelassenheit dahin. Endlich kann Luise ihrem Gefühl wütender Machtlosigkeit Ausdruck verleihen. "Das ist doch absurd! Andauernd neue Vorschriften, alles muss immer sicherer werden, aber die sicheren Technologien, die seit über hundert Jahren funktionieren, die werden einfach abgeschafft!"
Richard hat keine Lust, sich auf die Stimmung seiner Mutter einzulassen und hält dagegen.
"Denk doch an die Vorteile. Du hast jetzt alle Mediatheken zur Verfügung. Du kannst den Tatort sehen, wann immer du willst."
"Ich will ihn aber am Sonntagabend sehen! Das ist mein Puffer zwischen dem Wochenende und Montag. Ich liebe diese Struktur, und ich will mir keine eigene basteln!"
Ratlos streichelt er ihre Hand. Doch Luise will nicht beruhigt werden. Sie will gehört werden.

"Das mit der Mediathek ist mir viel zu kompliziert. Da gibt es zwanzigtausend Sachen, und das, was ich sehen will, finde ich nicht."

"Ich erkläre es Dir nochmal, Mutti. So schwer ist das nicht." Sie sieht ihn herausfordernd an.

"Außerdem bin ich neulich über das Kabel gestolpert, das jetzt quer durch meine Wohnung geht. Demnächst breche ich mir noch ein Bein, und wenn dann Gewitter ist, kann ich niemanden erreichen!"

Der Sohn seufzt.

"Das haben wir doch ausführlich beredet. Mit einem Sender bräuchtest du kein Kabel. Aber das wolltest du nicht."

"Weil ich dann mitten in diesem Datenstrom sitze!"

"Jetzt tu doch nicht so, als hättest du jemals etwas von Strahlen gemerkt."

"Zum Glück! Zum Glück gehöre ich nicht zu den Strahlensensiblen!"

"Also soll ich dir jetzt die Mediathek erklären, oder..."

"Ich bin trotzdem lieber vorsichtig", unterbricht sie ihn. "Das ganze Zeugs ist doch überhaupt noch nicht ausreichend untersucht worden."

Richard schaltet auf Durchzug und konzentriert sich auf seinen Kuchen.

"Das ist wie damals beim Asbest!" schimpft Luise weiter. "Erstmal wird munter gebaut und später muss alles wieder abgerissen werden."

"Lecker, dein Kuchen."

"Brauchst gar nicht abzulenken."

"Das mit der Stolperfalle ist übrigens wirklich gefährlich. Also überleg dir das nochmal mit dem Sender."

Luise rührt vernehmlich in ihrer Kaffeetasse.

"Lieber ein paar Strahlen als ein Oberschenkelhalsbruch, oder?"

Doch Luise will nicht einlenken, sie will lamentieren

"Früher habe ich mein W-Lan über Nacht ausgemacht. Das geht jetzt auch nicht mehr. Wenn ich das Internet ausschalte, ist mein Telefon tot."

"Du willst doch gar nicht immer erreichbar sein."

Richard stellt die Teller ineinander.

"Schlechte Nachrichten kommen immer zu früh. Deine Rede."

"Ach du!"

Richard umarmt seine Mutter zum Abschied.

"Und überleg dir das mit dem Sender."

Windsbraut

Die Konferenz ist beendet. Chris schnappt ihre Tasche, verschmäht den Aufzug, nimmt die Treppe, nickt dem Pförtner zu und verlässt das klimatisierte Gebäude. Draußen fällt ihr die Hitze auf den Kopf wie ein Stein. Sie steuert auf den mageren Schatten eines Stadtbaums zu, trinkt den lauwarmen Rest aus ihrer Wasserflasche, und merkt, dass sie keinen Plan hat. Jetzt lebt sie bald ein Jahr allein und hat immer noch nicht gelernt, fürs Wochenende vorzusorgen.

Sie ruft ihre Freundin an, erreicht aber nur die Mailbox. Missmutig scrollt sie durch ihr Adressbuch. Sie entschließt sich, die Nummer von Johannes zu wählen.

Er ist älter als sie und meistens zu Hause. Sie gehen gelegentlich zusammen ins Theater. Nach dem fünften Klingeln meldet er sich. Sie lädt ihn auf einen Aperitif im Keller von Karstadt ein.

"Einer der kühlsten Orte der Stadt", lockt sie.

Er findet die Idee gut. Aber leider ist er nicht in Bonn, sondern auf der *Ferme*, in Luxemburg. Ob sie nicht rauskommen wolle, den Weg würde sie ja noch kennen, oder? Nein, sie kennt den Weg nicht. Per und sie hatten nur immer vorgehabt, hinzufahren, damals, als Johannes und Reinhild die Ferme gekauft hatten. Aber irgendwie ist es nie dazu gekommen.

"Warum eigentlich nicht?"

"Es war so weit weg."

"Das ist es immer noch."

"Stimmt", sagt sie. "Aber inzwischen hat mein Auto Klimaanlage. Und ehrlich gesagt, mir ist alles recht, was mich aus der Bonner Bucht herausbringt. Also, wenn die Einladung ernst gemeint ist...?"

"Ich bin doch immer ernst."

Sie lacht, und nimmt die Einladung an.

Er will sie in Vianden abholen. Von dort will er sie lotsen.

"Mit dem Fahrrad?" fragt sie, denn sie kennt ihn nur als Radfahrer. Selbst zur Oper kommt er mit Helm und Fahrradklammern. Die vergisst er dann schon mal abzuziehen. Modisches Bewusstsein ist ihm fremd.

"Reinhild hat ein Auto", erklärt er. "Ohne geht es hier nicht. Sie hatte eine Operation am Knie und kann derzeit nicht fahren. Das ist der Grund, warum ich hier bin."

"Verstehe. Also dann bis morgen."

Da ist Johannes also mal wieder in Luxemburg. Chris weiß, dass er gelegentlich dorthin hinfährt. So wie sie weiß, dass er eine große Liebe hat, irgendwo im Süddeutschen. Normalerweise reden sie nur über Kultur, aber einmal vertraute er sich ihr an. Den Namen der Frau ließ er aus, erwähnte nur, dass ihre Liebe über lange Jahre gewachsen sei, wenn auch, mit Rücksicht auf ihren Ehemann, der gleichzeitig ein guter Freund von ihm war, lange unerfüllt. Inzwischen sei der Freund verstorben, und vor kurzem hätten sie eine erste gemeinsame Reise unternommen. Die Reise sei schön gewesen... Er seufzte und sprach nicht weiter.

"Wo ist das Problem?" hatte Chris gefragt.

Er sah auf seine Hände, als suche er dort, zwischen den Adern und Altersflecken nach einer Antwort.

"Ich bin immer noch verheiratet", sagte er schließlich. "Ich bin so nicht aufgewachsen." Und dann, es klang eher wie eine Frage als eine Feststellung: "Ich will ihr nicht weh tun."

"Und was ist mit deiner Liebe, tust du der nicht weh?"

Sein Mund verzog sich zu einem traurigen Lächeln.

"Schon, aber... Reinhild braucht mich."

Sein Schulterzucken wirkte hilflos, so als sei er ohnmächtig gegen sein Pflichtgefühl. Chris sah auf seinen abgewetzten Hemdkragen und war gerührt. Sie gestand sich ein, dass sie selber gern Gegenstand von so liebenswert altmodischer Verlässlichkeit wäre.

"Aber was ist mit Dir?" provozierte sie ihn. "Was willst du?" Er lächelte wehmütig, so als käme es auf ihn nicht an.

Am Samstag fährt Chris in aller Frühe los. Noch ist es angenehm kühl. Sie nimmt die kurvigen Eifelstraßen mit Elan und identifiziert Orte, die sie nur von der Bierreklame her kennt. Endlich weiß sie, woher "Bitte ein Bit" herkommt. Sie überquert die unspektakuläre Grenze nach Luxemburg und erreicht Vianden. Sie entdeckt die gotische Bruchsteinkirche, die Johannes beschrieben hat, kurz dahinter ist der Wegweiser zum Télésiège. Und dann sieht sie auch die Burg, zu der die Seilbahn führt.

Sie fährt auf den Parkplatz.

Johannes steigt aus einem Auto und winkt. Der Anblick ist so ungewohnt, dass sie das Gefühl hat, in seine Privatsphäre einzudringen.

"Ich wusste gar nicht, dass du Auto fahren kannst", sagt sie. Er zuckt mit den Schultern.

"Ein Bonner Kennzeichen?"

"Nur aus Steuergründen", erklärt er, "das Auto steht immer hier."

"Wie geht es Deiner Frau?"

"Die Operation war nicht so gelungen. Ich fahre sie zweimal in der Woche zur Behandlung. – Du kannst übrigens nicht direkt am Haus parken. Wir haben einen Gästeparkplatz. Ich mach dir dann ein Zeichen. Also, mir nach."

Der Feldweg zieht sich in die Länge. Chris erinnert sich an Erzählungen vom Umbau der Ferme. An Kosten, die immer wieder das Erwartete überstiegen. Damals wohnte die Familie noch in der Stadt. Die Ferme war ein Wochenendprojekt.

Eine Abzweigung, ein kurzes Stück Asphaltstraße, dann ein weiterer Feldweg. Weit und breit kein Haus, dafür liebliche Landschaft und Schlaglöcher. Unvermutet leuchten die Bremslichter vor ihr auf. Johannes gestikuliert mit dem Arm. Offenbar soll sie hier auf der Wiese parken. Sie fährt ins Gras, schaltet den Motor ab und steigt aus. In der Ferne schmiegt sich ein Dach in eine Erdrundung. Auf dem Hügel daneben winkt jemand, daumengroß. Vermutlich ist es Reinhild.

"Du kannst das letzte Stück mit mir fahren", sagt Johannes. Aber Chris möchte lieber zu Fuß gehen, nach der langen Fahrt.

"Also dann bis gleich."

"Bis gleich."

Als das Auto um die Kurve biegt, verweht das Abgas. Jetzt duftet es nur noch nach Sommer und Heu. Hummeln schwirren umher.

Beim letzten Treffen hat sie Johannes gefragt, was aus seiner Liebe geworden sei. Da wurde sein Blick melancholisch.

"Manchmal fällt eine Entscheidung, weil man nichts entscheidet", hatte er gesagt. Die Trauer stand ihm gut zu Gesicht.

Als Chris am Haus ankommt ist Reinhild verschwunden. Johannes heißt sie willkommen und präsentiert ihr *unser kleines Paradies.*

Jeder einzelne Gegenstand wirkt sorgfältig ausgesucht. Scheinbar Disparates ist mit beeindruckender Präzision in Beziehung zueinander gesetzt. Afrikanische Tontöpfe reihen sich vor einem weißen Art Deco Sofa, als seien sie dafür gemacht. Handgewebtes ist lässig drapiert, führt zu einem hölzernen Sims mit exotischen Instrumenten. Chris geht daran entlang und ertappt sich dabei, dass sie Ausschau hält nach einem *bitte-nicht-berühren*-Schild. Natürlich gibt es das nicht. Um den Bann zu brechen, zupft sie an einer Saite. Es klingt laut in der Stille. Sie kommt sich vor wie ein Eindringling.

Der nächste Raum ist in Dämmerlicht gehüllt. Ein dreiecki-
ger Lichtkegel fällt auf abgeschliffene Holzdielen und eine
Kakteensammlung. Die stacheligen Gewächse okkupieren
einen eisernen Rundtisch. Sie lassen keinen Platz für eine
Teetasse oder ein Buch. Auch der Sessel daneben scheint
nicht zum Sitzen gedacht. Das Kissen nimmt die Farben des
Polsters auf. Hier ist nichts dem Zufall überlassen. Die weißen Spuren auf den hölzernen Armlehnen sind mit Sicherheit kein Versehen, sondern weisen absichtsvoll auf den
Vorgang des Abbeizens hin. Chris entdeckt im Halbdunkel
ein antikes Harmonium.

"Spielst du?"

"Kann ich leider nicht. Reinhild spielt."

Johannes schlägt demonstrativ ein paar Tasten an und lacht.
Die Töne klingen schräg. Das Harmonium ist verstimmt.
Anscheinend hat Reinhild das Spielen aufgegeben. Wo ist
sie überhaupt? Will sie durch ihre Abwesenheit klar machen,
dass Chris *sein* Gast ist, und nicht ihrer?

In der Ferne stehen Kühe auf einer Weide wie auf einem
Gemälde. Chris wendet sich zum Durchgang und begegnet
dem Blick von Reinhild. Offenbar sitzt sie schon länger dort
und hat sie beobachtet. Wie eine Spinne im Netz, denkt
Chris.

"Hallo, lange nicht gesehen."

Ihr betont lockerer Tonfall wird mit einem spöttischen Blick
beantwortet, und mit einer königlich entgegengestreckten

Hand. Sie könnte ruhig aufstehen zur Begrüßung, denkt Chris, als ihr die Operation einfällt. Da schämt sie sich und erkundigt sich nach Reinhilds Hüfte.

"Knie", wird sie korrigiert. "Es ist das Knie."

"Oh, tut mir leid."

Die Kühe stehen immer noch an derselben Stelle. Aber der Himmel sieht dunkler aus.

"Es geht schon wieder. Ich kann sogar schon wieder kurze Strecken Auto fahren", sagt Reinhild.

"Ohne Auto ist es hier sicher schwierig", versucht Chris einfühlsam zu erscheinen.

"Es gibt freundliche Nachbarn."

Der abweisende Ton verbietet eine weitere Erörterung. Chris beobachtet, dass die braune Kuh an einer Gescheckten vorbeigeht. Und dann, als sei das ein Signal, setzen sich auch die anderen Kühe plötzlich in Bewegung.

"Ich bereite dann mal etwas vor", sagt Johannes und geht an den beiden vorbei in einen großen Raum mit Küchenzeile.

Die Kühe haben sich neu gruppiert und sind wieder statisch. Auch Reinhild lässt nun ihren Blick nach draußen schweifen.

"Natürlich braucht man mehr Zeit", sagt sie. "Aber der Zeitbegriff ist hier ohnehin ein anderer. Das ist es, was mir hier gefällt."

Und Johannes gefällt das Kulturangebot in der Stadt, denkt Chris. Sie geht in die Küche und bietet ihre Hilfe an.

"Ist alles fertig", sagt Johannes, und nimmt die Quiche aus der Verpackung. "Das ist die beste weit und breit. Wir haben Madame Hausmann noch gekannt. Inzwischen ist sie leider verstorben, aber ihre Schwiegertochter fertigt auch noch mit der Hand."

Er schiebt die Quiche auf ein Blech und versucht, den Ofen zu bedienen.

Es sieht so aus, als hätte er das noch nicht oft gemacht.

Auch die Teller findet er nicht auf Anhieb.

"Unten rechts", tönt es aus dem Hintergrund.

Chris überlegt, was Reinhild macht, wenn Johannes nicht da ist. Die Tage in diesem Haus müssen endlos sein. Nicht einmal einen Fernseher scheint es zu geben. Aber vielleicht steht der im Schlafzimmer.

"Vor drei Jahren habe ich den Fernseher abgeschafft" sagt Reinhild nun, als könne sie Gedanken lesen. Chris hält dagegen und behauptet, sie brauche ihre tägliche Dosis Mattscheibe. Sie geht sogar soweit, sich als Junkie zu bezeichnen.

"Man entwickelt hier andere Prioritäten."

Wieder so ein Satz, der herunterrasselt wie eine Jalousie.

Johannes hat inzwischen die Teller auf den Esstisch gestellt.

"Jetzt müssen wir nur noch warten, dass die Quiche heiß wird."

Er setzt sich.

"Es soll auch Salat geben", bedeutet Reinhild ihrem Mann.

"Oh."

Er steht wieder auf und sieht sich suchend um. Schließlich entdeckt er einen Salatkopf im Gemüsekorb am Ende der Anrichte. Er wendet ihn unschlüssig in der Hand, scheint zu überlegen, wie er nun weiter vorgehen soll. Chris nimmt ihm den Salat aus der Hand und beginnt, ihn zu waschen.

"Danke", sagt Johannes erleichtert. Er bückt sich, öffnet verschiedene Schubladen. "Wir hatten mal eine Salatschleuder."

Das bringt Reinhild dazu, sich von ihrem Beobachtungssitz zu erheben. Mit einem Griff stellt sie Schleuder und Salatschüssel neben die Spüle.

"Reichst du mir die Kräuter und das Brett? Du kannst dann schon mal den Wein öffnen."

Sie hackt effizient auf das Grünzeug ein und wendet sich Chris zu:

"Vom örtlichen Weinberg, Bio. Wir haben hier alles, was der Mensch braucht."

Zum Essen nehmen sie an einem massiven Holztisch Platz. Er ist ausgelegt für mindestens zwölf Personen. Das ungenutzte Ende ist mit Steinen und Zweigen dekoriert. Johannes folgt dem Blick von Chris und grinst.

"Früher hatten wir einen kleineren Tisch und mehr Gäste."

"Am Anfang war alles ganz primitiv", sekundiert Reinhild.

"Hier war mal der Schafstall. Da vorne, wo der rohe Ziegelsturz ist, war der Übergang. Wir haben ihn extra sichtbar gelassen. Und da, wo jetzt die Empore ist, haben wir eine Wand weggenommen."

Chris zeigt sich beeindruckt davon, wie geschmackvoll alles gelöst ist. Jede Ecke ein Kunstwerk. Sie lobt aus ehrlichem Herzen. Gleichzeitig wundert sie sich über die bleierne Müdigkeit, die sich ihrer bemächtigt.

Das Haus ist ein Traum. Aber wie viel Kraft muss es kosten, so einen Traum aufrecht zu erhalten? Sie fragt nach den Kindern.

Der Älteste lebt in New York. Er ist Banker geworden, ausgerechnet. Und die Kleine, nun ja, auch schon an die dreißig, verheiratet in Dublin, IT-Branche. Man hofft auf Enkel, aber die jungen Leute haben ihre eigenen Pläne.

Das Gespräch wendet sich der Zeit zu, als die Kinder noch klein waren, als sie sich zu viert trafen, weil Per im selben Ministerium arbeitete wie Johannes. Die Männer beherrschten das Gespräch. Sie wurden nicht müde, die Machtspiele hinter den Kulissen zu analysieren. Chris fand das interessant, aber Reinhild hat es offenbar in schlechter Erinnerung. Sie äußert sich abfällig über Johannes und seine Kollegen. "Alles war immer so unglaublich wichtig!"

Chris fühlt sich angegriffen, stellvertretend für ihren Ex-Mann. Sie fragt nicht ohne Schärfe zurück, was Reinhild denn so viel Wichtigeres getan habe.

"Ich habe mir wenigstens nicht eingeredet, dass ich wichtig wäre", ist die Antwort.

Danach hört man eine Weile nur noch Besteckklappern und Kaugeräusche.

"Reinhild hat Ausstellungen gemacht", versucht Johannes zu vermitteln.

"Das hat man in Bonn natürlich nicht mitbekommen, in dieser Weltstadt." Reinhilds Tonfall ist bitter. Sie stellt die Teller geräuschvoll ineinander und schlägt Johannes eine Führung durch den Rest des Hauses vor, während sie den Espresso vorbereite.

Eine hölzerne Treppe führt nach oben. Johannes öffnet die Tür zu einem Zimmer mit dazu gehörigem, rustikalen Bad. Er bezeichnet es als Kinderzimmer. Über dem Stuhl hängt ein Jackett von ihm. Auf dem Bett liegen Zeitschriften und ein aufgeschlagenes Buch. Anscheinend wohnt er im Kinderzimmer.

Die nächste Tür bleibt verschlossen. "Dahinter befindet sich Reinhilds Reich, und hier", Johannes tritt erwartungsvoll zur Seite, "ist das Atelier."

Chris bestaunt einen riesigen Dachboden mit Figurinen, Stoffen und Materialsammlungen. Es gibt Körbe mit farbiger Wolle, einen mit Blauschattierungen, der nächste zeigt alle Nuancen zwischen gelb, orange und rot. Daneben die Tag-Nacht-Palette von weiß über grau bis schwarz... Es gibt Stellagen mit Drähten, sorgfältig geordnete Werkzeuge und ganz am Ende des Raums steht eine Staffelei. Das Bild darauf ist abstrakt. Es sei noch in Arbeit, sagt Johannes. Aber die Farben auf der Palette sind eingetrocknet. Staubkörnchen tanzen im Licht. Die Luft ist abgestanden, heiß und stickig. Johannes öffnet ein Seitenfenster.

"Die Temperatur ist leider ein Problem. Wir hätten die Tenne damals isolieren sollen. Eigentlich wollten wir auch noch eine Fußbodenheizung einbauen. Aber der Umbau lief sowieso schon aus dem Ruder. Und jetzt, nachträglich, wäre es ein Riesenaufwand. So ist das Atelier im Winter eisig und im Sommer, naja das merkst du ja."

Christine betastet ein farbiges Stoffgebilde, das meterlang vom First herunterhängt. "Was ist das?"

"Ein Windkostüm. Es fängt die Luft, wenn man damit rennt, es bläht sich auf zu einer Riesenskulptur. Ein unglaubliches Spektakel. Irgendwo muss es Fotos davon geben."

Er zieht eine Schublade auf und beginnt zu kramen.

"Reinhild hat das Kostüm für einen Landartkongress gemacht. Sie ist damit über die Hügel gelaufen, eine Windsbraut."

Voller Stolz präsentiert er ein Foto. Chris ist beeindruckt und sagt, dass sie das gerne in Aktion sehen würde.

Johannes steckt das Foto zurück in seine Hülle.

"Es braucht Kraft. Reinhild könnte es heute nicht mehr halten."

"Und wenn es jemand anders trägt? Ich meine, ehe es hier..."

Chris verschluckt gerade noch ein *verrottet* und fährt fort: "Ich meine, es gibt doch überall diese Sommerfestivals, da würde es gut hinpassen."

Johannes nickt resigniert.

"Ja, wahrscheinlich könnte man es vermarkten. Aber dafür bin ich nicht der Richtige, und Reinhild auch nicht."

"Wo ist es denn bisher gezeigt worden?"

"Nur das eine Mal. Im Prinzip ist es bei sich geblieben."

Es ist bei sich geblieben.

Das hört sich gut an. Aber wenn etwas dafür gemacht ist, gesehen zu werden, dann verfehlt es seinen Zweck, wenn es bei sich bleibt. Auch das Haus ist bei sich geblieben. Keine Besucher, die es würdigen. Niemand, der es betreiben will oder kann. Und schon lauert der Verfall. Die Dinge mutieren zu Krempel, wenn die Kraft stirbt, sie mit Bedeutung aufzuladen. In der Stadt würde Chris mit Johannes darüber reden, auf einer allgemeinen Ebene, aber hier verbietet es sich.

"Es bräuchte jemanden, der sich kümmert", sagt Johannes nun und dreht sich langsam einmal um sich selbst. Anscheinend ist dies das Haus der Gedankenleser.

"Bisher hat Reinhild es noch geschafft", fährt er fort. "Und sie wird ja auch wieder gesund, hoffentlich..."

Seine Stimme verliert sich, wirkt nicht sonderlich hoff-
nungsfroh. Fernes Donnergrollen untermalt eine düstere
Zukunft.

"Ich sollte mich auf den Weg machen, ehe das Gewitter hier
ist."

Chris geht als Erste die Treppe hinunter.

Den Espresso trinkt sie im Stehen.

"Fährst Du heute zurück?" fragt Reinhild zum Abschied.

"Ich will noch nach Echternach. Da bin als Kind mal gewesen, bei der Spring-Prozession. Da geht es immer drei
Schritte vor und zwei Schritte wieder zurück. Das hat mich
damals unglaublich beschäftigt."

Sie lacht.

"Wie im richtigen Leben."

Ein gemeinsamer Moment nachdenklichen Lächelns.

Dann ein erneutes Donnergrollen.

"Ich bring dich zum Auto." sagt Johannes.

Sie gehen rasch. Der Himmel ist schwarz. Wind kommt auf.
Die ersten Regentropfen platschen.

Chris meint, sie finde den Weg und schlägt Johannes vor,
zurückzugehen. Doch er lässt sich nicht beirren. Kurz bevor sie das Auto erreichen, pladdert es los. Christine schließt
auf und flüchtet hinters Steuerrad. Sie öffnet Johannes die
Tür zum Beifahrersitz. Doch er winkt ab.

Anscheinend will er draußen stehen bleiben, bis sie abgefahren ist. Der Regen verfärbt ihm Hemd und Hose.

Sie lässt den Motor an.

Er hebt den Arm zum Gruß, ohne Hast, ganz so, als stünde er im Trockenen. Sie hupt zweimal. Dann muss sie sich auf den Weg konzentrieren, der sich in einen Schlammpfad verwandelt hat. Als sie noch einmal in den Rückspiegel sieht, geht er auf das Haus zu, eine aufrechte Gestalt, immun gegen Regen und gescheiterte Träume.

Experiment

Später, wenn Edda versuchte, zu erklären, wie es zu der Wendung in ihrem Leben gekommen war, sah sie sich in diesem Bus, wie sie aufstand. Sie stieg, einem unerklärlichen Impuls folgend, eine Haltestelle früher aus als sie vorgehabt hatte. Wäre sie sitzen geblieben, würde sie wahrscheinlich immer noch in Münster wohnen. Doch sie blieb nicht sitzen, sie ging wie ferngesteuert zum Ausgang. Die überraschte Freundin stürzte hinter ihr her. Und dann standen sie da, an einem zugigen Platz mit moderner Flachdachhalle.

"Was machen wir hier?!" fragte Rieke vorwurfsvoll.

"Tut mir leid." Edda zog ihre Wollstola fester über die Jacke.

"Wieso bist du ausgestiegen? Wir wollten doch zum Hafen."

"Tut mir leid", sagte Edda noch einmal, drehte sich um, und wartete auf eine Verkehrslücke. "Vielleicht kommt man da drüben in die Altstadt."

Durch ein Tor in der alten Stadtmauer gelangten sie auf einen Platz mit spitzgiebeligen, verwinkelten Häusern. Versöhnt träumte Rieke sich in eine der Dachwohnungen hinein.

"Das wäre doch was, oder?"

Erst als die Resonanz ausblieb, merkte sie, dass Edda nicht mehr hinter ihr stand. Was war denn jetzt schon wieder? Wieso nur hatte sie sich bereit erklärt, die Freundin auf diese Reise zu begleiten? Sie würde sich sowieso nie eine Seniorenresidenz leisten können. Aber zwei Nächte Gratiswohnen, noch dazu am Bodensee, das schien ein verlockendes Angebot.

Und tatsächlich, das Zimmer in der Residenz war luxuriös, der Blick auf die Alpen grandios. Aber die Luft zwischen den Möbeln wie sediert. Das gedämpfte Perlenkettenambiente hatte sich ihnen aufs Gemüt gelegt. Beim Essen bildeten sie sich ein, den Anblick von Krücken und Rollatoren mitzuschmecken.

So hatten sie nach Kräften gegen das Gewürz heranschleichenden Alters angespottet und sich mit der Aussicht auf einen Tag in Lindau getröstet. Sie hatten bis zum Hafen fahren wollen. Und nun stand Rieke allein auf einem schattigen Platz zwischen Fachwerkhäusern. Kein Geschäft, in das Edda gegangen sein könnte, es sei denn...

Rieke öffnete die Tür zu einer Immobilienagentur.

"Kaufen oder Miete", hörte sie die Freundin sagen, "Hauptsache Wasserzugang."

"Sie meinen Seeblick?" Der Makler schien irritiert.

"Ja, ja, das auch" meinte Edda unbekümmert und winkte Rieke zu.

Der Mann im Slim Cut Anzug zog seine tadellos sitzende Krawatte zurecht und räusperte sich. "Nein, also das tut mir leid, das gibt es... also, das kann ich Ihnen nicht anbieten."

"Ich habe es nicht eilig, vielleicht notieren Sie einfach meine Adresse."

Edda diktierte ihre Anschrift, als eine junge Angestellte sich einmischte. Weiter unten am See gäbe es etwas in Wassernähe. Das Objekt werde allerdings von der Filiale Friedrichshafen betreut. Der Makler bot an, dort anzurufen. Das Gespräch dauerte. Edda machte eine entschuldigende Geste zu Rieke.

"Sie müssten sich das wohl ansehen." Der Makler legte das Telefon zurück auf die Station. "Am Donnerstag wäre eine Besichtigung möglich."

"Oh, das ist aber dumm." Eddas Stimme zwitscherte in ungewohnt hohen Tönen: "Morgen früh geht es schon wieder auf die Heimreise."

Der Slim Cut Mann versuchte, sich nicht anmerken zu lassen, dass er genervt war und bat um die Handynummer, für den Fall, dass es ihm gelingen sollte, einen früheren Termin auszuhandeln.

"Willst Du jetzt etwa eine Wohnung kaufen!?" fragte Rieke, als sie wieder draußen waren. Edda zuckte mit den Schultern und steuerte eine schmale Gasse an. Sie breitete ihre Arme aus und berührte mal die rechte, mal die linke Wand. Sie erinnerte Rieke an einen Vogel, der gegen Käfiggitter flattert.

"Einmal im Leben direkt am Wasser wohnen. Das war schon immer mein Traum." sagte Edda und setzte ihr Kinderspiel mit den Wänden fort, rechts, links, rechts, links...

"Du kennst doch hier keinen."

"In der Residenz kenne ich auch keinen."

"Da hättest du immerhin Gesellschaft."

Edda warf Rieke einen vernichtenden Blick zu.

"Ich hab mal in so einer Gasse übernachtet. Da hörst du jedes Wort, jeden Schnarcher und jeden Wecker in der Stra-ße." Sie lachte. "Es war ein grauenhafter Urlaub, der Anfang vom Ende meiner Verlobung."

"Du warst mal verlobt?"

"Lange her, lange vor meiner Heirat. Komm, wir suchen den See."

Sie kamen am gotischen Rathaus vorbei. Sie würdigten die Fassadenmalerei, passierten Restaurants, Boutiquen und Touristenläden. Endlich öffnete sich der Blick. Geblendet blieben sie stehen. Knallblau glitzernd dehnte sich das Was-ser bis zum Fuß weiß beschneiter Alpengipfel. Im Vorder-grund spiegelte sich der Leuchtturm im Hafenwasser. End-lich waren sie da, wo sie ursprünglich hatten aussteigen wol-len. Edda entschuldigte sich für die Verzögerung und lud Rieke zum Mittagessen ein. Sie genossen gebratenes Filet vom Saibling auf einer Sonnenterrasse als das Handy klin-gelte. Die Immobilienagentur hatte einen Termin für den Spätnachmittag.

Sie holten das Auto an der Residenz ab und machten einen Ausflug nach Friedrichshafen. Die Zeppelinstadt, so wurde sie im Reiseführer genannt, war im Krieg als Rüstungszen-

trum bombardiert worden und wartete mit Nachkriegsbau-
ten statt mit Puppenstubenidylle auf. Geschäftige Aktenta-
schenmänner, Mütter mit Kleinkindern, Kopftuchträgerin-
nen und Jugendliche in Baseballcaps bevölkerten die Pro-
menade.

"Capuccino-Zeit", meinte Rieke und steuerte ein Café an.

"Das ist hier vielleicht nicht so pittoresk, aber mir gefällt die
Weite", fasste Edda ihren Eindruck zusammen. Sie schlang
sich eine der bereitliegenden Decken um die Hüfte und
setzte ihre Sonnenbrille auf. Drei Schwäne schlugen mit lau-
tem Klatschen auf die Wasseroberfläche ein. Sie mühten
sich ab, ihre schweren Körper in die Luft zu bringen. Endlich gewannen sie an Höhe, zerteilten mit singendem Flü-
gelschlag die Luft, und verschwanden in der endlosen Weite,
irgendwo im Dunst zwischen Wasser und Himmel.

"Wieso fliegen die jetzt zu dritt? Angeblich sind Schwäne
doch monogam."

"Die Welt ist voller ungelöster Rätsel." Rieke grinste. Als die
Bedienung den Cappuccino brachte, schabte sie das Weiße
auf ihren Löffel und hielt ihn so, dass der Milchschaum den
weißen Gipfeln in der Schweiz Konkurrenz machte.

Edda fotografierte das Bild und schickte es ihren Söhnen.

"Schönen Gruß." Rieke leckte den Löffel ab.

"Als ich fünfzehn war", sagte Edda, "da hatten wir mal eine
Ferienwohnung direkt an einem kleinen See. Ich bin jeden
Morgen quer rüber geschwommen."

"Das schaffst du hier nicht, es sollen dreizehn Kilometer sein." Sie sah auf die Uhr. Es war Zeit für den Aufbruch.

Die Baustelle war außerhalb. Der Eingang zur in Frage kommenden Wohnung befand sich im Souterrain. Eine Treppe gab es noch nicht. Sie mussten sich zwischen Gerüststangen hindurchhangeln. Der Makler schloss auf und ging voran. Plastikplanen knatterten, wo Fenstertüren geplant waren.

"Die Terrasse hat Südsonne", erklärte der Makler. Edda spiekte durch die Planen und sah eine Schlammwüste mit Bagger.

"Die Küche ist in den Wohnraum integriert." Der Makler zeigte auf diverse Löcher in der Rückwand. "Da sind die Wasseranschlüsse. Als Erstbezieher wären Sie in der Gestaltung ganz frei."

"Heißt das, da kommt nichts mehr hin? Nicht mal eine Spüle?"

"Die meisten Kunden ziehen es vor, ihre Küche selber zu gestalten."

Edda gehörte nicht zu diesen Kunden. Sie verkündete, dass sie das angelsächsische Modell mit eingerichteten Küchen bevorzuge. Das Bad immerhin gehörte zur Einrichtung. Die Wanne war bereits installiert. Der Makler breitete den Grundriss aus. Doch Edda beachtete ihn nicht.

"Wo geht es denn zum See?" wollte sie wissen.

Dazu mussten sie wieder durch das Gestänge nach oben turnen. Dann ging es am Haus vorbei über eine Wiese. Leider war der Schlüssel fürs Gartentor nicht zur Hand. Aber man konnte das Wasser sehen. Es befand sich hinter kahlen Sträuchern, auf der anderen Seite eines öffentlichen Wegs. Der Makler wandte sich zurück, wies auf die Häuser rechts und links vom Neubau, erklärte, das Seegrundstück werde von allen Mietern gemeinschaftlich genutzt. Dann überreichte er Edda die Wohnungsunterlagen. Er habe es eilig, leider, der Termin sei ja nicht vorgesehen gewesen. Er lächelte zuvorkommend. Sie verabredeten, miteinander zu telefonieren.

Die Vorderseite des Exposés war mit dem Foto eines blühenden Apfelbaums geschmückt. Darunter stand in suggestiven Lettern die Frage: Wollen Sie so wohnen?
"Siehst du hier einen Apfelbaum?"
"Du stehst drunter", sagte Rieke.
Edda blickte nach oben und entdeckte Knospen an kahlen Ästen. Die Nachbarhäuser wirkten bieder. Frühe fünfziger Jahre. Die Balkone winterlich verwaist. Wer da wohl wohnen mochte? Eine Wohnung hatte heruntergelassene Rollläden. Regenschlieren auf der Fassade. Ein Klappladen hing schief in den Angeln.
"Sieht ein bisschen heruntergekommen aus", meinte Edda.

"Wir sind im Schwabenland, da nennt man das Sparsamkeit."

Sie lachten, und beschlossen, einen Erkundungsspaziergang durch die Nachbarschaft zu machen. Der gemischte Eindruck setzte sich fort. Neben einer Villa mit Edelstahl-Holz-Eingang befand sich ein Eternitplatten-Häuschen samt handgemaltem Schild: "30m Obst". Ein Pfeil wies auf einen Schuppen. Dann wieder ein geleckter Vorgarten mit brandneuem Volleyballständer. An der Wegkreuzung regelte ein Spiegel den Verkehr. Rechts ging es zur Bahnunterführung, links hinunter zum See. Dort jagte ein Paar seinen Hund ins Wasser. Auf einem eingezäunten Grundstück schliefen winterlich verpackte Segelboote. Gestapelte Liegestühle warteten auf den Sommer.

Die beiden Frauen folgten dem Weg, entdeckten die Baustelle zwischen den alten Häusern und spähten über den Zaun des gegenüber liegenden Seegrundstücks. Die Spitze eines rostigen Dreibeingrills ragte in den abendroten Himmel. Dahinter Wasser. Blaue, türkisfarbene und orangerote Schlieren flossen ineinander. In der fernen Schweiz schwebte ein Berg auf einem Streifen weißen Nebels.

"Nicht schlecht", murmelte Rieke.

Und Edda wurde unvermutet schwer ums Herz. Was als Spiel begonnen hatte, wurde mit einem Mal zur ernsthaften Möglichkeit. Angst kroch in ihr hoch.

"Komm, wir gehen, es wird kalt."

"Das Schlimmste was einem passieren kann", sagte Edda am nächsten Tag im Auto, "sind Träume, die sich erfüllen."

"Wer sagt das?"

"Ein Psychologe, mit dem wir mal befreundet waren. Er wusste wovon er redete. Er hatte sich ein marodes Bauernhaus in Südfrankreich gekauft."

"Du musst ja nicht umziehen", meinte Rieke und stellte das Radio an.

Dramatische Klänge von Rachmaninow. Edda brachte die Musik mit einem Hieb auf den Ausknopf zum Schweigen.

"Entschuldige, aber das nervt."

Sie lehnte sich mit einem Seufzer zurück. Eine Weile war nichts zu hören außer dem Fahrgeräusch.

"Die Wohnung ist sauteuer!" brach es aus Edda heraus.

"Was erwartest du? Mit Seezugang."

Wieder senkte sich Schweigen über die Freundinnen.

"Wenn ich die Wohnung in Münster vermiete..."

Rieke wartete vergeblich auf die Fortsetzung des angefangenen Satzes. Sie warf Edda einen kurzen Blick zu.

"Passt du mal mit auf? Wir müssen gleich die Autobahn wechseln."

Doch Edda starrte durch die Windschutzscheibe.

"Eigentlich mag ich Münster überhaupt nicht", sagte sie.

"Dafür wohnst du schon ziemlich lange da."

"Stimmt."

Edda zog an ihren Fingerknöcheln, bis sie knackten. Sie ließ ihr Leben Revue passieren. Nach dem Abitur hatte es sie in die Ferne gezogen. Indien, Buenos Aires, Madrid. Mit dem Studienabschluss war sie in Münster hängen geblieben. Sie hatte dort geheiratet, ihre Söhne geboren. Draußen zog ein Gewerbegebiet vorbei, ein Stück Wald, eine Zementfabrik, ein Hügel mit Kapelle. Edda sah die Landschaft ohne sie wahrzunehmen. Bilder von ihren Kindern legten sich darüber, berufliche Szenen, Elternabende, Sportvereine, Freunde, Feste. Sie hatten viele Feste gefeiert. Sogar aus der Scheidung hatten sie versucht, ein Fest zu machen. Nun ja. Ein Traktor zog seine Bahnen übers Feld. Im Märzen der Bauer. Kreislauf des Lebens.

Nach dem Mann gingen die Kinder. Das war normal. Trotzdem schwierig. Zeitweise vermietete Edda Zimmer an Studenten. Natürlich war das kein Ersatz für die Kinder. Als Letztes verabschiedete sich der Beruf. Manchmal ging sie noch zu Kongressen, traf die alten Kollegen wieder. Das war nett, aber die unbekannten Gesichter wurden immer zahlreicher.

"Vielleicht hat es sich überlebt", sagte Edda und seufzte.

"Interessant. Lässt du mich auch wissen, was genau sich überlebt hat?"

"Mein Leben! Mein Beruf! Münster... Was weiß ich."

"Wenn es sonst nichts ist", bemerkt Rieke ungerührt.

Edda machte Listen für und gegen einen möglichen Umzug. Drei Wochen hatte sie Zeit. Dann sollte sie die Vermieterin treffen. Edda befragte Tarotkarten, Freunde und Bekannte. Die meisten reagierten mit Unverständnis. "Du bist verrückt", sagten sie. "Du kennst da doch keinen."

Aber wen kannte sie denn in Münster? Die Familie war weg, eine Freundin gestorben, Rieke nach Köln gezogen. Blieb ihre Freundin Irmi. Doch ausgerechnet die redete ihr zu.

"Ich denke schon lange, dass du aus der Wohnung raus musst" meinte sie. "Da hängt zu viel Altlast drin."

"Und was wird dann aus uns?" wandte Edda ein.

"Ich komm dich besuchen."

"Das ist nicht dasselbe."

Irmi sah sie prüfend an.

"Solange ich dich kenne, erzählst du mir von deinem Traum, am Wasser zu wohnen. Überleg mal, wie es dir in zwei Jahren geht, wenn du jetzt nein sagst."

"Nicht gut."

"Genau." Sie stippte ein Plätzchen in den Tee.

"Feigheit ist ein schlechter Ratgeber."

Edda umarmte die Freundin.

Und dann fuhr sie zum zweiten Mal an den See. Diesmal allein und mit dem Zug. Die Terrassentüren waren mittlerweile eingesetzt. Sie boten freien Blick auf die Wiese mit Apfelbaum. Mehr war nicht zu sehen. Es war, als hätte jemand ein Betttuch hinter den Bäumen aufgehangen. Kein See, kein Horizont und keine Schweiz, nur einheitliches Grau. Edda konzentrierte sich auf den Innenraum. Sie maß die Abstände zwischen den Steckdosen aus und zeichnete sie auf ihrem Grundriss ein.

Das Hotelzimmer roch ungelüftet. Als sie das Fenster öffnete, flutete Verkehrslärm herein. Sie flüchtete, ließ sich von Bierreklame in einen Gewölbekeller locken. Man rutschte bereitwillig zusammen, machte ihr Platz an einem Rundtisch. Warmer Dunst und friedliches Feierabendgerede umfingen sie. Schwäbische Töne mischten sich mit Schwyzerdütsch. Edda erfuhr, dass es mit Fähre und Bahn eine gute Verbindung zum Züricher Flughafen gab. Die Fluchtwege standen offen, immerhin.

Bier und Essen verliehen Edda die nötige Bettschwere. Traumlos schlummerte sie der Verhandlung mit der Vermieterin entgegen. Danach hatte sie einen möglichen Einzugstermin und zwei Tage Bedenkzeit.

Der Zug zurück war voll. Edda ergatterte einen Platz im Speisewagen. Sie spielte Orakel mit sich: Wenn der nächste Kirchturm spitz ist, dann unterschreibe ich den Mietvertrag. Als der erste Kirchturm rund war, erweiterte sie ihr Orakel auf drei Versuche. Der zweite Kirchturm war spitz, der dritte quadratisch, mit fünf Spitzen. Edda grübelte noch, ob das jetzt ein Übersoll war, oder ungültig, als der Kellner die

Suppe brachte und sie damit einer Entscheidung enthob. Sie pfefferte kräftig nach. Angenehme Wärme machte sich in ihrem Bauch breit und ließ sie denken, dass sie ihr Orakel falsch konzipiert hatte. Die spitzen Türme müssten eigentlich für den Norden sprechen, und die Zwiebeltürme für den Süden, wo sie beheimatet waren. Das hieße dann nicht unterschreiben.

Edda lehnte sich zurück. Das Schienengeräusch wirkte einschläfernd. Feigling, Feigling, schien es zu skandieren.

"Darf es noch etwas sein?"

Sie schreckte hoch.

"Ja. - Bitte einen Kaffee. - Nein einen Piccolo. Ach was, bringen Sie einfach beides. Und ehm, haben Sie Kuchen?"

"Marmorkuchen."

"Ja gut."

Die Bahntrasse verlief an einem Fluss. Uferweiden spiegelten sich, wurden von vorbeirasenden Sträuchern verdeckt, dann wieder Wasser und ein freier Blick über Felder mit erstem schwachem Grün.

Der Kellner brachte Kuchen, Kaffee und Sekt. Seine Hände waren schmal und dunkel. Vielleicht sollte sie für ein halbes Jahr nach Indien fahren. Das war auch eine Veränderung, aber keine Lebensentscheidung.

Edda widmete sich ihrem Piccolo. In dem Maße, wie der Sekt kribbelnd ihre Kehle hinunterrann, stieg eine Erkenntnis auf: Auch ein Umzug musste nicht für immer sein. Sie

könnte den Umzug als Experiment sehen, als Experiment
für drei Jahre. Oder vielleicht für fünf. Ein letztes Experiment. Das gefiel ihr.

Voller Entschlusskraft zog sie den Mietvertrag aus der Tasche und setzte ihre Unterschrift darunter. Sie atmete tief durch, prostete sich befriedigt zu, und machte sich über den Kuchen her.

Ein Schlupfloch hatte sie noch. Einwerfen würde sie den Vertrag erst morgen. Wichtige Dinge soll man überschlafen. Das hat sie von ihrem Vater gelernt. Der ist fünfundneunzig geworden. Wenn sie so alt wird wie er, dann könnte es auch ein vorletztes Experiment sein, oder sogar ein vor-vorletztes.

Die Feder

Rita kämpft mit ihrem Gewicht und mit ihrem Atem. Sie joggt an einer Wiese vorbei und sieht aus dem Augenwinkel etwas Weißes blinken. Sie trabt in geschmeidigem Kreis zurück und bleibt stehen. Keuchend bückt sie sich, froh über die Ausrede, ihr Fitnessprogramm zu unterbrechen.

Sie hebt die weiße Feder auf, streicht über die seidigen Rippen, prüft ihre geschmeidige Festigkeit, den Zusammenhalt der feinen Härchen. Ein Spalt tut sich auf. Mit einem erneutem darüber streichen schließt sie ihn wieder. Perfekt. Probeweise sticht sie mit der Feder in die Luft. Sie wird ihr zum Degen: Ausfallschritt und Stoß, Zurückweichen und erneutes Zustechen.

Rita verliert sich in ihrem Spiel, wirbelt um sich selbst herum, im Kampf mit dem unsichtbaren Gegner... bis ein schrilles Klingeln sie aufscheucht. Ein Helmträger radelt an ihr vorbei, schüttelt höhnisch den Kopf. Beschämt lässt Rita ihren Degen sinken, der sich zurückverwandelt in eine simple Feder.

Einfach wegwerfen mag sie das Ding trotzdem nicht. Sie steckt es als Kuckucksblüte aufrecht in einen Löwenzahn. Sie nickt ihr noch einmal zu, bevor sie weiterjoggt.

Missmutig trödelt Toni vor sich hin. Die Lehrerin war gemein zu ihm und das Schlimmste: sein Freund hat zusammen mit den anderen über ihn gelacht. Wütend kickt er eine Blechdose vor sich her. Einmal trifft er schräg, so dass sie auf die Wiese fliegt. Er blickt der Dose nach, unschlüssig, ob er sie holen soll. Da sieht er die Feder im Löwenzahn. Was soll das denn? Er reißt sie heraus. Prächtig ist sie, schneeweiß und groß. Die wäre genau richtig für Akis Indianerhaube. Aber Aki hat ihn verraten, der ist es nicht wert. Der kriegt sie nicht!

Toni streicht mit der Feder am Zaun entlang. Das macht ein Geräusch. Wenn er rascher geht, wird der Ton heller. Und wenn er rennt, klingt es ganz hoch. Dann wieder tiefer,

wenn er langsamer wird. Das probiert er hin und her, mehr-
mals.

Aber mit dem Zaun endet die Musik. An der Mauer ratscht
es nur noch. Außerdem wartet zu Hause der Kakao. Toni
hüpft davon, und die Feder segelt unbeachtet zur Erde.

Dort wird sie von Rosa entdeckt.

"Kommst Du?" ruft die Mutter ungeduldig.

"Guck mal, was ich funden habe!"

Rosa präsentiert stolz ihren Schatz. Die Mutter nimmt die
Feder entgegen und glättet ein paar zerrupfte Fasern.

"Magst du jetzt wieder in den Buggy?"

"Nein! Nicht Buggy!"

Rosa folgt einer Ameisenstraße.

Die Mutter seufzt, sieht auf die Uhr. Dann kitzelt sie ihre
Tochter mit der Feder, bis diese vor Vergnügen kreischt. Sie
hebt das Kind in den Wagen und drückt ihm die Feder in die
Hand.

"Hier. Pass gut darauf auf. Wir basteln etwas damit für
Omi."

Und zügig geht es davon.

Voller Stolz trägt Rosa ein Osterkörbchen vor sich her. Die
Feder wacht über einen Schokoladenhasen und süße Spie-
geleier auf grünem Moos.

"Für Dich Omi. Meine Feder, hab ich funden."

"Wirklich", sagt die Großmutter gerührt.

"Die ist aber... die ist wirklich ganz besonders!"

Dann verliert sich ihr Blick. Sie schaut durch die Feder in eine vergangene Welt. Sie vergisst zu atmen.

"Schläfst du, Omi?"

Da lacht die Großmutter und gibt Rosa einen Stups auf die Nase.

"So ähnlich."

Sie zieht die Feder behutsam aus dem Moos.

"Weißt du, dass man mit solchen Federn schreiben kann? Das ist eine Kunst. Ich habe einmal einen Kalligraphen gekannt, der hat solche Federn benutzt."

"Was ist das, ein Kalligaff?"

"Einer der Zeichen setzt."

Rosa kann mit der Antwort nichts anfangen. Sie stibitzt ein süßes Spiegelei aus dem Körbchen und schiebt es sich in den Mund.

Als Tochter und Enkelin gegangen sind, stellt die weißhaarige Frau das Körbchen vom Tisch aufs Fensterbrett. Nur noch das Moos ist übrig geblieben und die Feder. Draußen schwingen die Fäden der Trauerbirke im Wind. Sie haben ein erstes Grün angesetzt. Es ist still in der Wohnung.

Sie streicht versonnen über die dünn gewordene Haut an ihrem Dekolleté, bleibt an der Halskette hängen, an einem kleinen Buddha. Sie öffnet die Kette, setzt den Buddha auf ihre Hand. Sein Jadegrün ist milchig, ein wärmeres Grün als das Birkengrün draußen.

"Offenes Herz", murmelt die alte Frau vor sich hin. Sie dreht die Figur auf den Kopf und betastet die Gravur an der Unterseite. Ein Seufzer entfährt ihr.

Dann, plötzlich entschlossen, räumt sie das Kaffeegeschirr ab, holt aus der Küche ihr schärfstes Messer und schneidet den Federkiel zu. Sie geht ins Schlafzimmer, kniet vor ihrer Kommode, will an die unterste Schublade. Doch die klemmt. Sie mobilisiert ihre Kräfte. Ein Ruck, die Schublade gibt nach und sie selber fällt um.

Da beginnt sie zu kichern. Sie kann gar nicht mehr aufhören. Sie lacht und lacht, bleibt gekrümmt auf dem Teppich liegen.

"Bist ein verrücktes Huhn, immer noch."

Sie richtet sich auf und kramt in der Schublade. Ganz hinten findet sie das Gesuchte, einen Tintenstein. Sie befreit ihn vom Staub, füllt ein paar Tropfen Wasser in die Wölbung und trägt ihn zum Tisch. Dort beginnt sie zu schaben, geduldig, mit dem kleinen Stein auf dem großen, bis sich endlich ein Teich mit schwarzer Farbe bildet. Sie badet den Federkiel in der Tinte, schließt die Augen und bleibt reglos sitzen, lange.

Dann, mit einem Mal, zieht sie einen kräftigen Bogenstrich quer über das Tischtuch. Es spritzt, schwarze Punkte springen neben die Linie, fransen aus. Sie legt die Feder beiseite und betrachtet ihr Werk aus Zufall und Absicht. Sie ist einverstanden.

Zum Abschluss nimmt sie den kleinen Jade-Buddha. Sie taucht die Gravur in den Tintensee und setzt sie am Ende der Linie auf. Als sie die Figur wegnimmt, ist ein chinesisches Schriftzeichen zu sehen.

"Offenes Herz", murmelt sie und lehnt sich lächelnd zurück.

Danksagung

Schreiben ist eine einsame Sache. Umso wichtiger sind Austausch und Diskussion in Literaturzirkeln und bei öffentlichen Lesungen. Ich möchte hier nicht nur meinen Kolleg*innen danken, die mich mit wohlwollendem und kritischem Feed Back bereichert haben, sondern auch denen, die solche Treffen und Lesungen ermöglicht haben, und in Nach-Coronazeiten hoffentlich bald wieder ermöglichen werden.

Danken möchte ich auch allen Freund*innen, die mich in Einzelfragen beraten und unterstützt haben.
Last not least danke ich allen, die mich durch ihr Leben zu den Geschichten inspiriert haben. Denn auch, wenn alle Figuren fiktiv sind, habe ich ihnen diese oder jene Facette aus der Realität mit auf den Weg gegeben.

Zur Autorin

Dorothea Neukirchen
ist Autorin und Schauspielerin.

Sie spielte zunächst auf der Bühne, schrieb für Hörfunk, Film und Fernsehen. Sie machte Dokumentarfilme, inszenierte die meisten ihrer Drehbücher selber und leitete Seminare rund um die Themen Film und Schauspiel.

Seit der Jahrtausendwende schreibt sie Bücher, hält mit Begeisterung Lesungen und spielt in Filmen, wenn es eine Rolle gibt, die sie reizt.

Mehr Info zur Autorin:
www.dorothea-neukirchen.de

Kontakt: mail@dorothea-neukirchen.de

Weitere Bücher von Dorothea Neukirchen

Von Liebe und anderen Abschieden
15 Kurzgeschichten über die
Möglichkeiten und Unmöglichkeiten der Liebe

Eine Winteraffäre
Roman
Liebesgeschichte zwischen einem chinesischen
Chi Gong Meister und einer Hamburger Werbefrau.

Sinkflug
Roman
unter dem Pseudonym Dorothea Fremder
Ende einer Ehe und Neuanfang

Vor der Kamera
Camera Acting für Film und Fernsehen
Sachbuch zum Ablauf von Filmproduktionen

Mentaltraining für Schauspieler
Booklet und Audio Tracks